作者简介

# 司汤达
(1783——1842)

十九世纪法国杰出的批判现实主义作家。他以准确的人物心理分析和凝练的笔法而闻名,他用从外表看去十分冷静的鲜明性和准确性描绘出笔下人物形象炽热的感情,他使杰出的剖析和讽刺才能与潜藏的火热的性格结合在一起,被认为是最重要和最早的现实主义的实践者之一。最有名的作品有《红与黑》(1830)和《巴马修道院》(1839)等。

外国情感小说

阿尔芒丝

Foreign Classic
Romantic Novels

〔法〕司汤达 著

李玉民 译

人民文学出版社

图书在版编目(CIP)数据

阿尔芒丝/(法)司汤达著;李玉民译.—北京:人民文学出版社,2017
(外国情感小说)
ISBN 978-7-02-013197-6

Ⅰ.①阿… Ⅱ.①司… ②李… Ⅲ.①长篇小说—法国—近代 Ⅳ.①I565.44

中国版本图书馆 CIP 数据核字(2017)第 191431 号

| | |
|---|---|
| 出版统筹 | 仝保民 |
| 责任编辑 | 陈 黎 |
| 特约策划 | 李江华 |
| 特约编辑 | 赵海娇 |
| 书籍设计 | 李思安 |

| | |
|---|---|
| 出版发行 | 人民文学出版社 |
| 社　　址 | 北京市朝内大街 166 号 |
| 邮政编码 | 100705 |
| 网　　址 | http://www.rw-cn.com |
| 印　　刷 | 三河市祥宏印务有限公司 |
| 经　　销 | 全国新华书店等 |
| 字　　数 | 130 千字 |
| 开　　本 | 787×1092 毫米 1/32 |
| 印　　张 | 8 |
| 印　　数 | 1—6000 |
| 版　　次 | 2019 年 2 月北京第 1 版 |
| 印　　次 | 2019 年 2 月北京第 1 次印刷 |
| 书　　号 | 978-7-02-013197-6 |
| 定　　价 | 48.00 元 |

如有印装质量问题,请与本社图书销售中心联系调换。电话:010-65233595

*Armance*

# 作者序

一位很有才气,但对文学价值不甚明了的女子,求我这卑微的人为这部小说的文笔润色。我并不同意夹在叙述当中的一些政治看法,这是我必须向读者申明的。在不少问题上,可爱的作者和我的想法截然相反,不过,我们都同样憎恶所谓的"影射"。伦敦出了些文笔犀利的小说:《维维安·格雷》《阿尔马克的豪华生活》《玛蒂尔达》,等等,它们都需要"实有其事"。这些都是非常滑稽可笑的漫画式的作品,讽刺那些依靠出身或财产而偶然爬上引人羡慕的地位的人。

这种"文学"价值,是我们所不取的。自一八一四年以来,作者就没有上过杜伊勒里宫的二楼。她十分高傲,甚至连那些在社交圈子里令人瞩目的人物的名字都不知道。

不过,作者也描写并讥讽了一些工业家和享有特权的人。如果哪个人向在大树梢上叹息的斑鸠打听杜伊勒里花园的情况,它们会说:"这是一片辽阔的绿色平原,阳光十分强烈。"

可是，要是问问我们这些散步者，我们准会回答："这里十分清幽，是个散步的好地方，可以在此避暑，特别可以躲避那炎炎的夏日。"

对于同样一件事物，每人都根据各自的地位进行判断。"同是可敬的"人，却要沿着不同的道路把我们引向幸福。他们谈论社会现状时，措辞迥然不同。可是，他们都说对方如何可笑。

你们会把各方对对方沙龙所做的刻薄而不真实的描写，归咎为作者的恶作剧吗？你们会要求那些充满激情的人物个个成为明智的哲人，即毫无感情的人吗？正如摄政王[①]说的那样，在一七六〇年，要想博得男女主人的好感，就得举止文雅，谈吐风趣，性格随和，不爱面子。

一个人必须克勤克俭，吃苦耐劳，不抱幻想，才能利用蒸汽机。一七八九年结束的时代与一八一五年开始的时代的差别就在于此。

拿破仑在进军俄罗斯的途中，总是哼着他听波尔托唱的（在《女磨坊主》[②]中的）这两句歌词：

**墨水与面粉，**

---

[①] 指奥尔良公爵。法王路易十五，五岁登基，奥尔良公爵从一七一五年至一七二三年摄政。
[②] 意大利作曲家帕西罗（1740—1816）所创作的歌剧。

争夺我的心。①

不少出身高贵又有才华的年轻人，可能会反复咏唱这两句。

谈到本世纪，我们"点"恰巧勾勒出这部小说的两个主要特点。书中的讥讽涉嫌的篇幅，也许不过二十页，足见作者走的是另外一条道路。况且本世纪性情忧郁，脾气暴躁，跟它打交道要小心为妙，即使发表的是一本小册子。诚如我对作者讲的，这本小册子和同类最优秀的作品一样，至迟半年后就会被人遗忘。

眼下，我们恳求得到一点公众对喜剧《三街区》②的作者表示的那种宽容，剧作者向观众提供一面镜子，假如相貌丑陋的人从这面镜子前经过，这难道能归罪于作者吗？一面镜子又属于哪一方呢？

在这部小说的风格中，读者会发现天真的叙述方式，这一点我不忍改换。我觉得日耳曼式与浪漫式的夸张比什么都乏味。作者说道："过分讲究典雅，势必导致呆板，令人敬而远之；这种'矫揉造作的典雅'虽然让人怀着兴致看一页，却会使人看完一章便合上书本，我们则希望读者多看几章，因此，请保留我采用的村野市井的朴实语言。"

---

① 原文为意大利文。司汤达译为"该当磨坊主，还是公证人？"不甚符合原作的风格。
② 比卡尔和马泽尔创作的喜剧，一八二七年五月三十一日才上演。

要知道，我果真认为这是"市井"之风，作者反会大失所望。她这颗心有无限的自尊。拥有这颗心的女子，要是让人知道了姓名，就会觉得自己老了十岁。何况又是这样一种题材！……

司汤达<br>一八二七年七月二十三日<br>于圣－齐高尔夫<sup>①</sup>

①位于日内瓦湖的东南岸。其实，作者从意大利回国时并未经过这里，这是他常用的搅乱行踪的手法。

# 一

歌儿古老而平凡

……歌词朴实而一般

搬弄着爱情的纯洁。

《第十二夜》[①]

奥克塔夫刚到二十岁,就从巴黎综合工科学校毕业了。他是独生子,父亲德·马利维尔侯爵希望把他留在巴黎。奥克塔夫尊敬父亲,热爱母亲,他一旦确信这是两位老人坚定不移的愿望,便打消了参加炮兵部队的念头。他原来想过几年军旅生活,一有战争就辞职,当上中尉还是上校都无所谓。他身上有些怪癖,这便是一例;由于他的怪癖,凡夫俗子无不讨厌他。

---

① 原文为英文,引自莎士比亚的戏剧《第十二夜》的第二幕。

奥克塔夫聪明颖慧，身材颀长，举止高雅，乌黑的大眼睛美妙无双，在上流社会的风流少年中，他本来可算首屈一指，名列前茅，却坏在他那双无限温柔的眼睛，含着忧郁的神情，让人见了无从嫉妒，倒觉得他有些可怜了。他要是有谈话的兴致，就可以语出惊人；然而，他对什么都不感兴趣，仿佛任何事物都引不起他的痛苦与欢乐。他幼年时期体弱多病，身体健壮起来之后，别人看到他只要认为是自己的本分，就毫不犹豫地遵从，而且一贯如此。但是，倘若没有天职的吩咐，他仿佛就没有行动的理由了。在这个青年的心中，也许铭刻着一种特殊的原则，而他在周围现实生活中所看到的种种事件，却同他的原则格格不入；可能由于这种原因，他把自己未来的生活、他与别人的关系，都描绘成漆黑一团。奥克塔夫的这种极度忧郁，不管起因如何，却表明他有些过早地厌世了。有一天，他舅父德·苏比拉纳骑士当着他的面就说，他的性格令人担心。

奥克塔夫则冷冷地答道："我生来如此，何必装成另外一种样子呢？您的外甥将永远走在理性的路线上。"

"而且，从不偏里一步，也不偏外一步，"骑士说，他是普罗旺斯①人，说起话来特别激烈，"由此我推断出，你不是希伯来人②所盼望的弥赛亚，就是路济弗尔③来到人间，故意

---

①法国南方地区名，靠地中海。
②古代的犹太人，弥赛亚是他们盼望的救世主。
③《圣经》中魔鬼撒旦的一个称号。

来给我增添忧烦。你是什么鬼东西呀？真叫人无法理解。你是职责的'化身'啊。"

"我若是永远尽到职责，该有多么幸福啊！"奥克塔夫说，"天主赋予我一个纯洁的灵魂，我多么希望能保持原样奉还给上天啊！"

"奇迹呀奇迹！"骑士高声说，"他这个灵魂，纯洁得都结成冰了，这是一年来我看到他表示的头一个愿望！"骑士讲了这句话，非常得意，就跑出客厅去了。

奥克塔夫深情地看着母亲。儿子的灵魂有没有结成冰，母亲的心里当然清楚。德·马利维尔夫人虽然年近五旬，看上去却依然少相，这不仅是因为她风韵犹存，还因为她思想卓绝超逸，对朋友们的利益，甚至对年轻人的痛苦与欢乐，都寄予深切的同情与关心。他们有什么希望，她就随着希望；他们产生什么担心，她也跟着担心。而且，她这种感情发自内心，极其自然，不久，别人的希望或者担心，仿佛就成了她本人的事情了。后来大家认为，一个女人只要不是假行仁义，到了一定年龄，好像都应该这样待人。自从人们的看法有了这种改变，德·马利维尔夫人的这种性格便丧失了美名。不过，她始终没有沾染上矫揉造作的习气。

一段时间以来，府中的仆役注意到，侯爵夫人经常乘车出门，回府的时候却往往不是一个人。有一名贴身老仆，名叫圣若望，从前曾跟随主人一道流亡国外，他很好奇，想要知道侯爵夫人好几次引进府里来的一个男子到底是谁。圣若望头一天跟踪，在熙熙攘攘的行人中失去了那个陌生人的踪迹。第二次尝试比较顺利，他跟着那人，看见他走进了慈善医院，他从门房那儿打听到，那人原来是大名鼎鼎的杜克雷尔医生。府中的仆人发现，老夫人把巴黎最著名的医生都陆陆续续引进府来，而且，她几乎总能找个机会，让他们瞧瞧她的儿子。

母亲发觉奥克塔夫有些异常，心里发慌，唯恐他得了肺病。不过，德·马利维尔夫人想，万一不幸让她猜中的话，点出这种可怕病症的名字，只能加速病情的恶化。那些大夫也都是聪明人，只是对德·马利维尔夫人说，她儿子没有什么其他疾病，患的仅仅是一种忧郁症，快快不乐，好发议论，这是像他这样地位的当代青年人的通病。他们提醒德·马利维尔夫人说，她倒是应该多注意一下肺部。这条坏消息在府内传开了，要说传播的途径，主人是防不胜防的。大家都想瞒着德·马利维尔先生，然而，这种病的名称到底传到了他的耳中。他模模糊糊地感到，自己晚年恐怕要过孤寂的生活了。

革命①前，德·马利维尔侯爵非常富有，过着无忧无虑的生活。后来流亡国外，直到一八一四年，他才跟随国王重返法国，由于家财已被抄没，他仅仅剩下两三万利弗尔②年金。

---

①一七八九年，法国爆发资产阶级大革命，国王路易十六与王后被处死；贵族财产被抄没，未被处死的贵族纷纷逃往外国。一八一四年，各国联军打败了拿破仑，流亡在英国的路易十六的弟弟普罗旺斯伯爵返国就王位，称路易十八。
②法国古币名，后为法郎所代替。

侯爵以为自己已经落到了行乞的地步,他那始终脆弱的头脑,现在只有一个念头,就是竭力让奥克塔夫成亲。结婚要考虑两个方面,一个是门第声望,再就是一直折磨着他的财产问题。两者权衡,老侯爵依然看重门第声望。他在社交场合每逢讲话,从来少不了这几句开场白:

"我可以提供一个显赫的姓氏、一部'十分可靠'的家谱,它可以追溯到青年路易①的十字军时期。据我所知,在巴黎能够昂首而行的阀阅世家,只有十三个。不过,除此之外,我一无所有,靠施舍过活,是个穷光蛋。"

一个上了年纪的人,对世事持这种看法,绝不会产生乐天达观的态度。人到了风烛残年,唯有达观,才能快乐。在奥克塔夫生活的府第中,如果没有老骑士莽莽撞撞的行为,纵然是在圣日耳曼区②,这座府第也会以它冷冷清清的气氛而引人注目。德·苏比拉纳是南方人,有点疯疯癫癫,一肚子坏心眼。德·马利维尔夫人一心惦念儿子的身体,什么事情也转移不了她那种担心,连自己身体有危险都不顾。而且,她还借口体格虚弱,需要就医,经常接待两位著名的大夫,想赢得他们的友谊。这两位先生,一个是一派的首领,另一个是两派对立的狂热煽动者,因此见了面就争论不休,殊不知对科学和他们要解决的问题没有兴趣的人,觉得他们的话

---

① 青年路易(1120—1180),法国国王路易七世,一一三七至一一八〇年在位。一一四八年参加十字军东征,在大马士革战败。
② 巴黎大贵族居住区,作者指那里的生活死气沉沉。

题有多么枯燥乏味。德·马利维尔夫人则不然,她头脑灵活,好奇心强,有时候倒听得津津有味。她总是挑起两位医生的话头;不过也多亏有了他们,马利维尔府装饰典雅,但气氛冷清的客厅,才总算时不时地有人高声讲话。

客厅里有两扇大窗户,镶着大块玻璃,而不是小格玻璃,上面挂一幅缀满金黄饰物的绿丝绒窗帘,好像专门用来吸收射进来的全部阳光似的。窗外是一座僻静的花园,一排排黄杨树将园子隔得奇形怪状;园子尽头有一排椴树,每年按时修剪三次,它们静止不动的形象,仿佛把这个家庭的精神生活鲜明地展现出来。年轻子爵的卧室,正好在客厅的楼上,建造时,为了保证下面这间主要客厅的美观,只好削减它的高度,让它勉强保持夹层房间的规模。奥克塔夫极端厌恶这间卧室,可是在父母面前,他却不知夸了多少遍,生怕自己会无意暴露出内心的真实想法,让人看出他对这个房间,乃至对整个府第有多么厌恶。

他非常留恋综合工科学校的那间小寝室,十分珍视那段生活,就因为那里颇像寺院,给他一种隐居和幽静的感觉。奥克塔夫很早就想隐居避世,将一生献给天主。这个念头吓坏了他的父母,尤其是侯爵,他本来就害怕暮年无人照顾,了解到儿子的这种意图,又添了一层忧虑。奥克塔夫研究了一些作家,好进一步了解宗教的道理;那些作家两个世纪以来一直试图解释人是怎样想的,人要做什么。经过一番研究,奥克塔夫的思想起了很大变化,可是,他父亲的看法依然如故。看到贵族青年埋头读书,侯爵就惶恐不安,担心他们会堕落,这也是他盼望奥克塔夫尽快结婚的重要原因。

巴黎的暮秋,像春天一样晴朗,大家都出游玩赏。德·马利维尔夫人对儿子说:"你应当骑骑马。"奥克塔夫听到这个建议,只怕又要增加开销,总是回答说:"亲爱的母亲,有什么必要呢?我的骑术很好,再说,我也根本没有兴趣。"由于父亲不断抱怨,他真以为家里的财产所余无几,所以很久不肯骑马游玩,其实,家境何尝到了那种地步!德·马利维尔夫人吩咐仆人从马厩里牵出一匹英格兰种骏马。府中原来只有两匹诺曼底种马,已经很老,十二年间,一直充当全家的脚力,可是跟这匹充满活力的漂亮的骏马一比,真是相形见绌,形成了奇特的对照。收到这件礼物,奥克塔夫觉得很为难,接连两天,他一再感谢他母亲。但是,到了第三天,他同母亲单独在一起的时候,正巧谈起那匹英格兰种马,于是他拉起母亲的手,自己的嘴唇紧紧地贴在上面,说道:"我对你的爱非同一般,不便再向你表示感谢了。你儿子在他最爱戴的人面前,一生始终诚实,这次何必言不由衷呢?你不富裕,这匹马价值四千法郎,你不算富裕,对这样一笔开支不会不感到为难。"

德·马利维尔夫人随手打开写字台的抽屉,说道:

"这是我的遗嘱,我要把我的钻石首饰全部给你,但附有一个特别条件,就是出售钻石的钱只要没有用完,你就必须有一匹马备用,并且按照我的吩咐,常常骑出去遛遛。我悄悄卖掉了两颗钻石，好趁我还活在世上的时候，看到你有一匹好马，心里也高兴高兴。这些首饰，你父亲不准我卖出去，这是他强加给我的一种最大限制，其实，我戴上很不合适。看他那意思，真不知道还抱有什么政治企图，我觉得不怎么现实；而且，他妻子一旦不再拥有这些钻石首饰，他就会倍感家境贫寒、门庭败落了。"

奥克塔夫的额头上，呈现出一副悲哀的神情。他把这张纸放回抽屉，这张纸的名称，意味着一桩多么可怕也许很快就要发生的事件。他又拉住母亲的手，久久不肯放开，而他平时很少这样做。

"这三年来，大家都在跟我们谈论赔偿法案①，你父亲的打算同这事有关。"德·马利维尔夫人接着说。

"我衷心希望赔偿法案被否决。"奥克塔夫说道。

"为什么呀？你为什么希望那项法案被否决呢？"母亲立刻问道，她看见儿子发生了兴趣，并向她表示尊敬与友谊，心里乐滋滋的。

"首先，我觉得它不够完备，也不怎么公正；其次，赔偿法案一实行，我就得结婚。可惜，我生来性情独特，不适于成家立业。我所能做的一切，无非是了解我自己。只有单独和你在一起的时候，我才感到幸福；平时，我唯一的乐趣就是离群索居，世上任何人都无权同我讲话。"

---

① 一八二五年，法王查理十世颁布法令，给予革命时期被没收财产的逃亡贵族十亿法郎的补偿。

"亲爱的奥克塔夫,你喜爱科学喜爱得入了迷,才造成这种怪癖。你学习的劲头,实在叫我担心,学来学去,会成为歌德笔下的浮士德的。你星期天对我发过誓,说读的不全是坏透了的书,这话能再向我重复一遍吗?"

"亲爱的妈妈,我看你给我指定的作品,同时也看所谓的坏书。"

"噢!你的性格中,有某种神秘的、阴郁的成分,真叫我担心得发抖。你读了这么多书,天晓得会得出什么结论!"

"亲爱的妈妈,我觉得是真实的东西,绝不能闭起眼睛不相信。仁慈的万能之主,亲手赋予我各种感官,他能因为我信赖这些感官的报告,就惩罚我吗?"

"噢!我总是担心,就怕激怒了那位可怕的天主,"德·马利维尔夫人眼里闪着泪花,说,"他可能从我的慈爱中把你夺走。有时候,我读读布尔鲁达①的作品,就吓得呆住了。我从《圣经》里得知,天主报复起来是残酷无情的。你看十八世纪哲学家的著作,肯定冒犯了他。我可以坦白地告诉你,前天,我从圣托马斯·达干教堂出来,心情简直到了绝望的地步。天主反对邪书的雷霆之怒,即使有费神甫先生宣讲的十分之一,我也担心会失掉你。有一种邪恶的报纸,费神甫讲道时甚至没敢直呼其名,我却肯定你天天都在看。"

"是的,妈妈,我看这种报。但是,我也信守向你许下

---

① 布尔鲁达(1632—1704),法国耶稣会传教士,著《讲道集》。

的诺言,我看完这种报,又立刻把与它观点截然相反的报纸找来看。"

"亲爱的奥克塔夫,令我惶恐不安的,正是你这种激烈的情感,尤其是这种情感在你的心灵里暗中地进展。像你这样年龄的人,总有些爱好,如果我发现你也有某种爱好,能使你散散心,不陷在这种怪诞的思想里,那我心里也就不会这么恐慌了。可是,你还是看邪书,而且用不了多久,你甚至可能会怀疑起天主的存在。为什么要思考那些令人畏惧的问题呢?还记得吗,你曾经喜爱过化学?一连十八个月,你谁也不愿意见,疏忽了非尽不可的礼节,把我们的近亲都给得罪了。"

"我那时对化学发生兴趣,"奥克塔夫说,"那并不是我爱好它,而是我强加给自己的一种义务。"他叹口气接着又说,"我若是把那种意图贯彻始终,使自己成为一个与世隔绝的学者,天晓得是不是好得多!"

那天晚上,奥克塔夫在母亲的房间里直待到深夜一点钟。母亲几次催他去参加社交活动,或者至少去看看戏,他都不听。

"我在哪儿感到最幸福,就待在哪儿。"奥克塔夫说道。

"只有同你在一起的时候,我才相信你的话,"母亲快乐地回答说,"不过,如果一连两天,我没有单独和你在一起,我就又会担起心来。像你这样年龄的男子,总是独来独往,无论如何也说不过去。我的钻石首饰价值七万四千法郎,放在一旁也没用处,既然你还不愿意结婚,今后很长一段时间,恐怕仍然用不上。你还很年轻嘛,才二十岁零五天!"德·马利维尔夫人说着,从长椅上站起来,亲亲儿子。"这些钻石反正也没用处,我很想卖掉,把卖的钱存出去,得到的利息就用来增加我的开支。总有那么一天,我要借口身体不好,只接待你看着顺眼的人。"

"唉!亲爱的妈妈,我看见什么人,都同样感到悲伤。在人世间,我只爱你一个……"

儿子走后,尽管夜已很深,德·马利维尔夫人依然没有睡意,不祥的预感在她心中一个劲地翻腾。她竭力想忘却奥克塔夫对她有多么宝贵,试图像对待外人一样来判断他,然而总办不到。她的心灵不能沿着推理的路子走,总是迷失在空幻的遐想之中,推测着儿子的前途如何如何。她又想起骑士的那句话,自言自语地说:"毫无疑问,我感到他身上有种超人的东西。他与别人毫无来往,仿佛独自生活在世外。"德·马利维尔夫人想到后来,思想渐渐合理了,她看不出儿子有什么最强烈的欲望,或者至少有什么最激昂的情感,而是对生活中的一切事物,完全采取淡漠的态度。奥克塔夫情感的源流,仿佛存在于世外,根本不依赖尘世间的任何实体。他身上的特征无处不令他母亲惊恐,甚至他那丰姿俊秀的仪表、美丽温柔的眼睛,母亲见了也心惊肉跳。他那双眼睛,有时好像在遥望苍穹,思考从那里看到的幸福。片刻之后,又变换了神情,只见他的目光流露出地狱的痛苦。

奥克塔夫的幸福看来极不稳固；要想盘问这样一个人，谁都会有顾虑。他母亲通常总瞧着他，而不轻易同他讲话。他情绪稍许安定的时候，眼神仿佛在遐想远离身边的幸福，就像一个深情的人，同他唯一珍视的东西远隔天涯。对于母亲的问话，奥克塔夫总是坦率地回答；然而，母亲就是猜不透他那深邃的，又常常骚动不安的幻想中，究竟隐藏着什么奥秘。从十五岁起，奥克塔夫就是这种情形。德·马利维尔夫人从来没有认真考虑过，他会不会有什么隐秘的欲望。奥克塔夫难道不是他自身的主人，不是他命运的主人吗？

德·马利维尔夫人经常观察到，现实生活非但不能引起儿子的激情，反而使他产生不耐烦的情绪，好像现实生活这东西很不识趣，竟然来骚扰并打断他的美好梦想。他仿佛是他周围一切的局外人。除开这块心病，德·马利维尔夫人不能不承认，儿子有一颗正直而坚强的心灵，有很高的天赋和荣誉感。然而，这颗心灵也非常清楚，什么是他独立与自由的权利，同时，他的高尚品格和一种隐忍的功夫离奇地结合起来。他这样年龄的人，具有这种隐忍功夫，是出人意料的。本来，对幸福的种种憧憬，已经给德·马利维尔夫人的想象带来安宁，不料顷刻之间又被这残酷的现实所粉碎。

在奥克塔夫看来，没有什么比他那骑士舅父的小圈子更烦人，也可以说更可憎的了，因为他爱憎分明，绝不肯含含糊糊，模棱两可。然而，府中的人都认为，他最喜欢同德·苏比拉纳先生下棋，或者同他一起在大街上"闲逛"，这个词出自骑士之口。骑士尽管年已六旬,可至少还像一七八九年那时一样妄自尊大;不过,现在对事理的精深分析而表现出的那种自命不凡,代替了青年时期的矫揉造作;但是,从前的矫揉造作因为他仪表堂堂、性情快活倒还情有可原。应酬他舅父,不过是个例子,表明奥克塔夫善于掩饰自己的情感,这真叫德·马利维尔夫人害怕。"我问过这孩子,他同舅父一起消磨时光,究竟有什么乐趣,他照实回答了,但是,"德·马利维尔夫人心想,"在他那古怪的心灵深处,究竟隐藏着什么不可思议的意念,谁又能揣测得出来呢?这事儿我要是不问,他永远也不会主动跟我讲。我是个普普通通的女人,仅仅依靠眼前的一些该做的小事来做判断。他如此刚强,又如此古怪,我怎敢自作聪明,给这样一个人出主意呢?在我的朋友当中,也没有一个足智多谋的人好请教的。再说,我怎么能辜负他的信任呢?我不是答应过,绝对保守他的秘密吗?"

德·马利维尔夫人让这些伤心的念头搅扰着直到拂晓,这才像往常一样得出结论,她应该运用对儿子的全部影响,劝他多到博尼维府去。德·博尼维侯爵夫人既是她的表妹,又是她的知心朋友,非常受人尊敬,上流社会的知名人士,经常在博尼维府的沙龙里荟萃一堂。"我应当做的事儿,"德·马利维尔夫人思忖道,"就是讨好在博尼维府上见到的贤达,从而了解他们对奥克塔夫的看法。"人们到侯爵府去,都愿意成为德·博尼维夫人的常客,并寻求她丈夫的支持。

她丈夫是个精明的朝臣,年高德劭,和他的先祖德·博尼维海军司令一样很受王上的敬重。那位可爱的司令,怂恿弗朗索瓦一世①干了不少蠢事,最后自食其果,英勇战死了②。

---

① 弗朗索瓦一世(1494—1547),法国国王,一五一五年至一五四七年在位。
② 巴维亚一役(1525年2月24日),战到傍晚,海军司令见大势已去,便高声呼喊道:"我遭到这样的惨败,绝不能偷生!"喊罢拉起脸甲,冲入敌群,连杀数人,身上多处受伤而死,但可以无憾了。——原注

二

唯独她看出来,他神色怏怏,显然是抱负不凡的心胸过高估计了他不能享有的幸福。

马洛[①]

翌日,刚到早晨八点钟,马利维尔府发生了一件不同寻常的事,各处铃声突然响成一片。不久,老侯爵吩咐下人通禀,说是他要见夫人。德·马利维尔夫人还未起床,侯爵本人也匆匆忙忙,没有穿戴整齐。他走上前去吻了吻妻子,眼里闪着泪花说:

"亲爱的朋友,我们离世之前,能够看到孙儿孙女了。"老人家热泪滚滚,接着说道,"上天明鉴,我绝不是因为想到自己不再是乞丐了,才激动得流下眼泪……赔偿法案肯定

---

[①] 马洛(1564—1593),英国悲剧诗人,著有《浮士德博士的悲剧》。这段引言原文为英文。

能够通过,您将得到二百万。"

侯爵进来之前,派人叫过奥克塔夫。这时,奥克塔夫请求入见,他父亲站起身,急忙迎上去,投进了儿子的怀抱。奥克塔夫见父亲泪流满面,可能误解了流泪的原因,他苍白的脸颊上立刻泛起一层几乎看不出来的红晕。

"把窗帘全拉开,让阳光照进来!"母亲急促地说。"过来,眼睛看着我。"她以同样的口吻说,却不回答她丈夫的问题,只是细心地察看着,看见那片淡淡的红晕已经升到了奥克塔夫的上脸盘。她从医生的谈话中了解到,人的面颊上出现红箍儿,是得肺病的迹象,因而她胆战心惊,生怕自己儿子的身体垮掉,再也不去想那二百万法郎的赔款了。

侯爵见妻子这样慌乱便有些不耐烦,等她的心神平稳下来,他才开口说:

"是的,我的儿子,我刚刚得到确切的消息,赔偿法案即将议决,在四百二十票中,肯定有三百一十九票赞成。按照我的估计,你母亲损失的财产有六百多万。由于惧怕雅各宾党人①,不管国王的裁决打多少折扣,我们少说也能得到二百万。这样一来,我就不再是乞丐了,也就是说,你不再是乞丐了,你的财产又将重新与你的门第相当。现在,我可以给你选择一个姑娘做妻子,用不着再去乞求人家了。"

"但是,亲爱的朋友,"德·马利维尔夫人说,"注意别

---

① 一七八九年法国大革命中的资产阶级左派,波旁王朝复辟后对共和派的总称,他们在议会中的席位不多,但得到人民的支持。

急于相信这样重大的消息,不然的话,我们的亲戚当克尔公爵夫人,以及她那个社交圈里的人,免不了要说三道四。您保证我们能稳拿几百万,公爵夫人也会打心里高兴,可您先别打如意算盘。"

"二十五分钟前,"老侯爵掏出怀表,看了看说,"我就确信赔偿法案准能通过,所谓确信,就是确凿无疑。"

真让侯爵言中了。当天晚上,"无动于衷"的奥克塔夫,一踏进德·博尼维夫人的客厅,就觉出来大家欢迎他的态度格外殷勤。这种关切来得过于突兀,他回礼时便显得有点高傲,至少,当克尔公爵夫人就注意到了这点。奥克塔夫心中既感到不舒服,又感到鄙夷。巴黎社交界与上流社会,本来是他随便出入的地方,现在却对他分外欢迎,无非是"因为他有希望得到二百万赔偿"而已。他那颗火热的心灵,对待别人和对待自己都同样公正,也几乎同样严格,通过这种可悲的事实,不免产生深深的郁悒之感。奥克塔夫傲气十足,绝不肯同人一般见识,竟然怨恨偶然聚在这座沙龙的宾客。他是觉得自己的命运可怜,觉得所有人的命运都可怜。"别人对我的情义,原来这样淡薄,"他暗自思忖道,"二百万法郎,就改变了他们对我的全部情感。看起来,我何必极力检点,好无愧于人们的爱戴呢?只要做做买卖发财就成了。"奥克塔夫这样闷闷不乐地思考着,随便坐在一张长沙发上,对面的一张小椅子上,正坐着他的表妹阿尔芒丝·德·佐伊洛夫。他的目光偶然落到阿尔芒丝身上,注意到整个晚上,表妹都没有同他讲话。阿尔芒丝同奥克塔夫年龄相仿,但家境清寒,她是德·博尼维和德·马利维尔两位夫人的外甥女;这对表兄妹彼此相处坦然,有什么话说什么话。进入客厅有三刻钟,奥克塔夫的心情一直凄苦莫名,这时他又突然产生一个想法:"大家都冲着我的钱,对我加倍表示关切,阿尔芒丝却没有恭维我,这里只有她没有讲话,这里只有她的心灵还高尚些。"奥克塔夫感到看着她真是一种慰藉。"这才是一个值得敬重的人呢。"奥克塔夫心中暗道。时间渐晚,他见阿尔芒丝始终没有同他讲话,便又高兴起来,高兴的程度不亚于刚才的满腹忧伤。

那天晚上只有一次,奥克塔夫发觉阿尔芒丝的目光直射到他的身上。当时,有一位外省的众议员走过来,正笨拙地祝贺奥克塔夫将得到二百万,说什么"他将投票赞成"(这是那人的原话)。奥克塔夫有严格的理性,这超出了别人的想象,阿尔芒丝那副目光的神情,他也不可能看不出来,他的理性也至少做出了这样的判断。那目光显然是有意观察他,尤其令他高兴的是,那目光已经准备在迫不得已时对他公开表示藐视。要投票赞成几百万的那位众议员,给奥克塔夫碰了一鼻子灰。年轻子爵的蔑视态度表现得太露骨,即便对待一个外省人也未免过分。过了一会儿,那位议员走到德·苏比拉纳骑士面前,对他说:

"哼!朝廷的贵族先生们,全是这副派头。我们要是能撇开你们,投票通过给我们的赔偿,那么,你们不向我们做出些保证，就休想捞到钱。我们可再也不愿意像过去那样，眼看着你们在二十三岁就成了上校，我们却熬到四十岁才当个上尉。正统观点的议员有三百一十九名，我们这些过去受损害的外省贵族就占了二百一十二名……"这样的牢骚话对着骑士发泄，叫骑士好不得意，于是，他替朝中贵族辩解起来。这场谈话足足进行了一个晚上，德·苏比拉纳先生喜欢自夸，称这是政治性的谈话。外面尽管刮着刺骨的北风，两个人还是在一个窗洞下辩论；按照严格的规定，窗洞是谈论政治的地方。

谈话中间，骑士只离开了片刻，他向那位议员道了声歉，请他等一等："我得去问问我外甥，看他把我的马车派了什么用场。"说罢，他走过去，对着奥克塔夫的耳朵说："你倒是跟别人说说话呀，这样默不作声，都引起大家的注意了。刚刚发了一笔财，千万不要显得目空一切。别忘记，这二百万，不过是归还的财产，又没有什么别的。假如国王授勋给你，你就该不知道怎么样才好了吧？"骑士说完，像个年轻人似的又跑回窗口，提高嗓音重复说："喂！十一点半，备好马车。"

奥克塔夫终于开口了，他虽然没有达到潇洒自如的程度，取得完全的成功，可是，他丰姿俊秀，举止沉稳，说出来的话却得到贵妇们的特殊评价。他的思想活跃、清晰，属于那种越品味越让人觉得高超的类型。他说话爽直坦率，正气凛然，虽然收不到立竿见影的效果，可是人们过一会儿就能品出味道，暗暗称奇。他的性情高傲，要表达他认为美的事物，从来不着意于绘声绘色。像他这种头脑的人，傲然独处，恰似一个不施脂粉的少妇，走进一个以浓妆艳抹为常的沙龙，在一段时间里，她脸色苍白，显得有些哀愁。奥克塔夫的思想，很少有慷慨激昂的时候，这天晚上，如果说他受到了赞扬，也是因为他的情绪中含有最辛辣的嘲讽，弥补了这种不足。

奥克塔夫的言语刻薄，这只是表面现象，年长一些的贵妇就能够看出来，因而原谅他那种不拘礼节的态度，可是那些糊涂虫却被他慑服了，纷纷为他捧场。奥克塔夫心里充满了轻蔑的情绪，正在巧妙地发泄，忽然听到当克尔公爵夫人讲的几句话，从而得到了他在社交界所能企望的唯一幸福。那时，当克尔夫人凑近他坐的长沙发，不是对着他讲，却是说给他听，声音压得很低，向她的挚友德·拉龙兹夫人说："瞧哇，阿尔芒丝那个傻姑娘，看到德·马利维尔先生从天上掉下来的财产，不是要产生嫉妒之心吗？天哪！嫉妒，同一个女人多不相配呀！"她的朋友明白这些话的用意，捕捉住了奥克塔夫的专注的目光。他正同某位尊贵的主教先生谈话，假装注视着对方的脸，其实全都听到了。不到三分钟的工夫，德·佐伊洛夫小姐的沉默就得到了解释，在奥克塔夫的心目中，别人指责的那些卑鄙情感，她是确有无疑了。"天主啊！"奥克塔夫思忖道，"这个社交场上的人，没有一个例外，感情全都这样卑鄙啊！我能找出什么理由，可以想象别的社交场合和这里不同呢?这是一座法国名流聚会的沙龙,这里的每个人只要翻翻历史,就能发现一位自己家族的英雄,如果这些人都明目张胆地崇拜金钱,那么,昨天父辈给人扛货包,今天成为百万富翁的不义商人,又该如何呢?天哪!人有多么卑劣啊!"

奥克塔夫对人世感到厌恶,逃离了德·博尼维夫人的沙龙,他将马车留给他的骑士舅父,自己步行回府。途中下起了滂沱大雨,他淋着倒觉得很痛快。这场冲击整个巴黎的暴风雨,他很快就感觉不到了,心里在想:"对付这种普遍的堕落,只有一种办法,就是找一个心灵美好的人,一个尚未被当克尔公爵夫人之流所谓明智玷污了心灵的人,永远依恋她,终日和她厮守在一起,与她共同生活,一心一意只为了她,为了她的幸福。我一定会热烈地爱她……我这个人,如此不幸,一定会爱她呀!……"突然,一辆飞快的马车,从普瓦提埃街拐进波旁街,险些把奥克塔夫轧死。马车的后轮撞到他的胸口,撞得很重,把他的背心也撕开了。他站在那儿一动不动,展望死亡,心情反倒冷静下来。

"天哪!怎么不把我轧死呀!"他眼望天空喊道。瓢泼大雨并没有使他低下头来:这场冷雨对他很有裨益。过了好几分钟,他才继续赶路,回到府中,立刻跑上楼,回自己房间换了衣裳,接着去问母亲能不能见他。他母亲并没有等候他,早已上床睡了。他孤独一人,看什么都感到心烦,甚至拿起情调低沉的阿尔菲里①的作品，想找一出悲剧翻翻，也觉得索然无味。在那十分宽大又十分低矮的卧室中，他踱来踱去，走了很久，最后想道："为什么不就此了结这一生呢？命运压得我抬不起头来，为什么我还这样固执地同命运搏斗呢？我拟订了各种各样的行动计划，表面上看起来合理到了极点，结果全部落空。我的生活步步不幸，处处辛酸；这个月不如上个月好，今年也不比去年强。这种顽强地生活下去的劲头，是从哪里来的呢？难道我缺乏意志吗？死亡又是怎么回事呢？"想到此处，他打开装手枪的箱子，定睛看着："其实，死亡是微不足道的，只有愚蠢的人才贪生怕死呢。我母亲，我苦命的母亲，恐怕要死于肺病，过不了多久，我也会离开人世，追随她的亡灵。我要是觉得生活实在痛苦不堪，也可以在她之前离世。这样的请求假如能够提出来，她是会答应我的……哼！我那骑士舅舅、我父亲本人，他们才不爱我呢，他们爱的是我的姓氏。他们把野心寄托在我的身上。仅仅有一种极小的天职，把我同他们联结起来……"天职一词，犹如一声霹雳，在奥克塔夫的耳边炸响。他停止思索，高声地说："一种极小的天职！一种无足轻重的天职！……如果这是我唯一的天职，难道也是无足轻重的吗？在眼前这种处境下，如果我都克服不了偶然碰到的困难，那么，我有什么理由这样自信，今后不管面临什么艰难险阻，都能战胜呢？我这样

---

① 维托里奥·阿尔菲里 (1749—1803)，意大利悲剧诗人。

睥睨一切，以为一般人所遭受的各种危难、各种祸殃对我毫无影响，然而，我却祈求眼前的痛苦换一种形式，祈求它选择一种适合我的口味的状态，也就是说让它缩小减半。多么渺小啊！我还自以为无比坚强！其实完全是自鸣得意。"

　　转瞬之间，他有了这种新的认识，并发誓要战胜活下去的痛苦。奥克塔夫对世间万物的厌恶情绪，很快就不那么激烈了，而且也不再那么顾影自怜了。他这颗心灵，由于长期得不到幸福的温暖，在一定程度上沮丧消沉，现在又恢复了自尊，恢复了一点生活的勇气。奥克塔夫的脑海里又起了另外一类念头。卧室的天花板这样低矮，他简直厌恶极了，他羡慕起博尼维府的富丽堂皇的沙龙来，不禁自言自语地说："那个沙龙，少说也有二十尺高，在那里呼吸该多畅快啊！哈！"他像个孩子似的，又惊又喜地高声说，"那两百万有了用场了。我也要有一座富丽堂皇的沙龙，像博尼维府上那样的，但是，只能我一个人进去。每个月，顶多让仆人进去一回，对，就在每月一日，让他进去清扫清扫，还必须在我的眼睛监视下，以防他发现我选择些什么书，从而猜测出我的思想，也提防他窥探我写的东西。我在心血来潮的时候，总要写点东西，好引导我的灵魂……我要打一把极小的钢钥匙，比公文包的钥匙还要精巧，挂在我的表链上整天带着。再有，客厅要摆三面大玻璃镜子，每面都有七尺高，我始终喜爱这种阴沉华丽的装饰。圣高班那家玻璃店制造的幅面最大的镜子有多少尺码呢？"这个三刻钟之前还想轻生的人，此时却急不可待地爬上椅子,在书橱里寻找圣高班的镜子尺寸表。他计算了一个小时,用笔列出改建沙龙的费用。他意识到自己在耍孩子脾气,然而写得更迅速,更认真了。各个款项列出来,又核实了总额,要把他的卧室加高,改成沙龙的规模,共需五万七千三百五十法郎。奥克塔夫笑起来,自言自语地说:"如果不打这样的如意算盘,也绝不会闹出这种笑话来……是啊!我多么不幸呀!"他大步来回走着,又说道,"对,我非常不幸,但是,我比我的不幸还要强大几分,我要同它较量,我要战胜它。布鲁都斯①牺牲了自己的孩子,那是因为他面临困境,而我呢,我是要活下去。"他有一个小记事本,藏在写字台的暗格中,他拿出来,在上面写道:"一八二四年十二月十四日。二百万产生的惬意效果。——友谊倍增。——阿尔芒丝的羡慕。——结束一生。——我将比这个念头更有力量。——圣高班的镜子。"

他用希腊文记下这些辛酸的感想。随后,他弹起钢琴,把莫扎特《唐璜》②中的一幕,从头至尾弹了一遍。这段极其阴沉的乐章,使他的心情渐趋平静。

---

①古罗马革命的主要发动者,推翻了暴君塔尔干的统治,建立了罗马共和国(公元前509年)。他的几个儿子阴谋复辟塔尔干的统治,身为总督的布鲁都斯便判处他们死刑,并亲自行刑。
②两幕歌剧,罗朗佐·达蓬特编剧,莫扎特作曲(1787)。

## 三

> 最早熟的花蕾,
>
> 未待开放就给虫子蛀去,
>
> 而年轻聪明的人,
>
> 也会因爱情变得愚蠢……
>
> ……害人的爱情
>
> 使一切美好希望全成泡影。
>
> 《维洛那二绅士》[①]

奥克塔夫犯起这种寻死觅活的病,并不总是在晚上他独自一人的时候。他一犯病,全部行动都一反常态,具有极其粗暴、格外凶狠的特点。假如说,他仅仅是法律学院的一个普通大学生,无父无母,没人庇护,那就早被人家关进疯

---

① 原文为英文,引自莎士比亚的戏剧《维洛那二绅士》第一幕。

入院了。再说，他要是处在那样低下的社会地位，也就没有机会学到这样一套文雅的举止。他多亏了这种举止，古怪的性格才显得文雅些，即使在朝廷贵族的社交场上，他也是一个与众不同的人。奥克塔夫高雅出众的气派，在一定程度上，还借重于他的相貌。他的相貌显示出力量与温情，而不是像平庸之人那样，只有凶相，没有力量，仅仅凭自己的一张小白脸招来人家的一瞥。自然，奥克塔夫掌握了高超的表达艺术，他不管表达什么思想，从来不会挫伤别人，至少不会无故伤人。就亏了他平时待人接物这种极有分寸的态度，谁也没有把他往精神病上面去想。

说来有一件事，发生还不到一年。那是在一天晚上，奥克塔夫从母亲的客厅跑出来，一个年轻仆人见他神色异常，慌了手脚，想要上去阻拦，奥克塔夫勃然大怒，断喝一声："你是什么东西，竟敢拦住我的去路！你要是有力气，那就来露一手吧。"说着，他将仆人拦腰抱起来，从窗户扔了出去。窗下就是花园，仆人恰巧摔到一盆夹竹桃上，只伤了一点皮肉。这样一来，奥克塔夫倒充当起下人来，服侍了受伤者两个月，给他的赏钱也未免过多，每天还花几个小时教他识字。全家人都希望这个仆人不要把此事声张出去，送给他许多礼物，对他百依百顺，结果反而把他惯坏了，不得不遣送他回原籍，给了他一笔年金度日。对儿子的性格，德·马利维尔夫人为什么忧心忡忡，现在总可以理解了。

奥克塔夫闯下这场大祸之后，特别使他母亲惶恐不安的，就是直到第二天他才表示痛悔，尽管痛悔到了极点。出事的那天夜晚，奥克塔夫回到府中，有人偶然提醒他，说那个仆人有多危险，他却回答说："他年纪轻轻，为什么不自卫呢？他阻挡我出去的时候，我不是对他说过，让他自卫吗？"经过细心观察，德·马利维尔夫人注意到，她儿子平日脸上总带着一种忧郁的沉思神情，然而，奥克塔夫每次大发雷霆，都恰恰是在他仿佛把愁思置于脑后的时候。就拿那次事件来说，他正在猜字谜，客厅里有几个年轻伙伴，还有五六个他相识的青年，他同他们高高兴兴地玩了有一个钟头，却突然跑出客厅，把那个仆人从窗口扔出去。

还有一次，在议论二百万赔偿那天晚上的几个月前，德·博尼维夫人举行舞会，奥克塔夫也是这样出人意料地跑掉。当时，他刚跳了几场四组舞与华尔兹舞，舞姿十分优美。母亲看见他受到赞赏，心里非常高兴；他在舞会上的成功，自己也不可能视而不见。有好几位交际场上出名的美人儿，同他讲话时也大做媚态。他那一头金色的大发卷，在他英俊的前额上垂下来，显得美极了，大名鼎鼎的德·克莱夫人见了特别动情。德·克莱夫人从那不勒斯回来不久，她谈起那里年轻人的时髦风尚时，恭维起奥克塔夫来，而且恭维得十分露骨。奥克塔夫听了，立刻飞红了脸，离开客厅，他很不想让人看出他脚步急促，可就是控制不住自己。他母亲一时慌了神儿，随后跟了出去，却不见他的影踪了。母亲白白等了一夜。直到第二天，他才重新露面，神情十分古怪，带着三处刀伤,不过,伤势并不危险。医生认为,他这种偏狂纯粹是"精神上的",这是他们使用的词,还说发病的原因不可能是生理上的,而是由于某种怪念头的影响。人们都说,奥克塔夫子爵先生根本没有偏头痛的迹象。他上综合工科学校的头一年,到他想当教士之前的那个阶段,发病的次数更加频繁。他动不动就和同学争执起来,大家都认为他完全是个疯子。别人因为有这种看法,才常常对他手下留情,没有用剑教训他。

上面谈到,他受了几处轻伤,躺在床上休养。他说什么事情,总是三言两语,这次向母亲谈起来,也是这样:"我怒气冲冲,向几个当兵的寻衅,他们却笑嘻嘻地看着我,我动了手,结果是自讨苦吃。"随即话题一转,他又谈起了别的事情。他对表妹阿尔芒丝讲得最为详细。

"有时候,我既感到痛苦,又感到愤怒,但这并不是疯癫。"一天晚上,他对阿尔芒丝说,"可是,不管在上流社会,还是在综合工科学校,大家见我这种情形,都会把我当成疯子。其实这不过是一种烦恼。我最不堪忍受的,就是害怕猛然面对一件造成我终生悔恨的事情,就像那一回我把皮埃尔从窗口扔出去险些铸成大错那样。"

"您堂堂正正地弥补过来了,您不仅把年金给了他,还把时间贴了进去。如果他有一点点诚恳的态度,您也能使他有个前程。您已经做到了这一步,还要怎样呢?"

"祸事一旦闯下了,当然毫无办法,除非我是个魔鬼,才不会那样尽力弥补呢。但是，事情还不仅仅如此。这种痛苦发作起来，我就仿佛变成了一个乖戾的人，在所有人的眼里也就是个疯子。我见到一些同我年龄相仿的青年，看样子尽管穷困，毫无见识，极端不幸，可是，他们总有一两个童年时期结交下的朋友，同他们分享欢乐，分担忧愁。每天晚上，我看见他们同朋友一道散步，相互讲述他们感兴趣的一切事情。而我呢，孤单一人，在大地上茕茕孑立。我身边就没有什么人可以把我的心里话尽情地向他倾吐，永远也不会有。我的感情憋在心里，若是感到痛苦时，我如何排遣呢？难道我一生注定没有朋友，也结识不了几个人吗？难道我是个恶人吗？"他叹息道。

"当然不是恶人，但是，有些人不喜欢您，您又总给他们抓住把柄。"阿尔芒丝对他说。她出于友谊，口气严厉，同时，又想掩饰因他的忧伤而产生的真正怜悯。"比方说，您对谁都彬彬有礼，可是，德·克莱夫人前天举行舞会，您为什么不去参加呢？"

"就因为在半年前的舞会上，她的恭维话太笨拙，令我想起错待了几个拿刀的年轻农夫而感到无地自容。"

"就算这样吧，"阿尔芒丝又说，"可是，请您注意，您总是找出种种理由，不肯同人来往，既然如此，就别反过来又抱怨自己的生活孤单。"

"唉！我需要的是朋友，而不是社交场上那些人。我难道能在沙龙里找到朋友吗？"

"是啊,在综合工科学校的时候,您既然没有找到朋友,在沙龙里也找不到。"

"这话说得对,"奥克塔夫沉吟半晌,回答说,"现在,我同您的看法一致,可是,明天到了该行动的时候,我又要反其道而行之,抛弃我今天认为正确的观点。造成这一切的原因,就全在于傲气!假如老天另做安排,让我成为一个呢绒商人的儿子,那一到十六岁,我就该站柜台,绝不会像现在这样养尊处优,因此,也就会少些傲气,多点幸福……噢!我对自己多么不满意啊!……"

这种自怨自艾,表面上看起来虽然挺自私,阿尔芒丝却听得津津有味。她发现奥克塔夫的眼睛蕴蓄着多大的爱的力量,而且有时显得多么温存!

阿尔芒丝隐约感到,奥克塔夫的毛病在于无端的多愁善感,可是又很难解释清楚。这种多愁善感既造成人的不幸,也使人值得怜爱。奥克塔夫受一种非常活跃的想象力支配,夸大了自己未能享受到的幸福。如果他一出世就具有一副无情、冷酷、理智的心肠,再加上集中在他身上的所有其他优越条件,他就可能非常幸福。他所缺乏的,仅仅是一颗普通人的心灵。

奥克塔夫只是在他表妹面前,有时候才敢谈谈自己的想法。由此可见,他发现可爱的表妹的感情因为自己的财产剧增而改变了,为什么觉得特别痛苦。

奥克塔夫要寻短见的次日,刚刚早晨七点钟,他的骑士舅舅便跑进他的卧室，故意重手重脚，弄出很大的响声，把他惊醒了。他舅父那个人，一贯装模作样。奥克塔夫被吵醒了，不免很恼火，但火气持续了还不到三秒钟，便又想起了尊敬长辈的规矩，于是用一种轻松愉快的口气，接待德·苏比拉纳先生，因为他知道，这种态度最能迎合他的舅舅。

德·苏比拉纳先生庸俗不堪，他出生前或出生后，在世上只认得钱。他絮絮叨叨地讲了好久，向心灵高尚的奥克塔夫解释，一个人有了二万五千利弗尔年金，只要有可能增加到十万，就不应该踌躇满志，忘乎所以。舅父讲完这段富于哲理、近乎基督教义的话，又给奥克塔夫出主意说，等家里一领到二百万赔偿费的百分之五，他就应当到交易所去搞投机。随着马利维尔府财产的增加，侯爵必然要把一部分财产交给奥克塔夫掌管。不过，他只有依照他骑士舅舅的妙计，才能到交易所去搞投机。骑士自称认得某伯爵夫人，因此外甥拿年金去搞投机交易，保险"万无一失"。听到"万无一失"这句话，奥克塔夫猛然一挺身。

"是的，我的朋友，"骑士把他的动作当成怀疑的表示，说道，"万无一失。不过，有一次，伯爵夫人在S王府上举止可笑，从那以后，我就有些疏远她。然而，我与她毕竟有点亲戚关系，对啦，我得马上走，去找我与她的共同朋友某公爵，他能使我同伯爵夫人和解。"

## 四

就像所有那些哲学家,头一个被她的甜言蜜语蒙蔽的人,又去骗人。迪戈,你听着,哲学家他们讲他们是哲学家吗?魔鬼为达到它的目的也会引经据典。啊!谬误的外表多漂亮!

马辛格①

骑士这样莽撞地闯进来,险些把奥克塔夫再度投入昨夜厌世的情绪中。他对人类正愤恨不已,仆人走进来,送上一本厚厚的书,用英国牛皮纸包得整整齐齐。封蜡印章刻得很有造诣,但是图案并不吸引人:一片沙漠,上面两根交叉的枯骨。奥克塔夫很有鉴赏眼光,称赞那两根"胫骨"图案逼真,印章也刻得无可挑剔。"这是皮克莱派风格,"他心里思量

---

① 马辛格(1583—1640),英国伊丽莎白时期最后一个著名作家。引言原文为英文。

道,"这种荒唐事,准是我表姐虔诚的 C 夫人干出来的。"但是,他一打开,就明白猜错了:原来是一部图夫南的《圣经》合订本,装潢极其美观。"女信徒向来不赠送《圣经》。"奥克塔夫一面说,一面拆开里边的书信,可是找来找去不见署名,便随手扔进壁炉里。过了一会儿,他的老仆人圣雅克走进来,一副捣鬼的神气。

"这包书是谁送来的?"奥克塔夫问。

"这可是个秘密,人家特意要瞒着子爵先生。其实也没什么,还不是那个拜兰老头交给门房的,他像个贼似的,一放下就溜掉了。"

"哪个拜兰老头?"

"就是德·博尼维夫人原先的仆人,表面上给辞退了,暗中还替她干事儿。"

"难道有人怀疑,德·博尼维夫人有私情吗?"

"嗳!天哪,不是的,先生。我说的暗中干事儿,是指的为了新教干的事儿。侯爵夫人给先生秘密送来的东西,大概是一部《圣经》吧。先生看看字迹就能认出来,那是侯爵夫人的女仆鲁维埃太太的笔迹。"

奥克塔夫瞧瞧壁炉下边,看见那封信落在火圈之外,还没有烧着,便叫仆人掏出来给他。他大吃一惊地发现,别人非常清楚他正在读埃尔维丘斯①、邦达姆②、贝尔③，以及其他作家所写的坏书，并在信中责备了他。"一个人即使有最完美的道德，也无法避免这种事，"奥克塔夫自言自语地说，"人一参加了宗派，便不顾身份地搞阴谋，派密探。自从颁布了赔偿法，他们好像对我格外关切，连我的灵魂的永福，我有朝一日可能有的影响，他们都操起心来。"

整个后半天，德·马利维尔侯爵、德·苏比拉纳骑士，还有请来吃饭的两三位真正的朋友聚在一起闲聊，话题几乎离不开奥克塔夫的婚姻、他的新地位，听起来实在庸俗。昨天晚上，奥克塔夫发神经闹了一夜，心中尚有余悸，因此，他的态度不像往常那样冷淡。他母亲发现他的脸色更加苍白了。其实，他是硬着头皮尽职责，纵然谈不上什么满面堆笑，至少也显得随和，一心同大家敷衍凑趣儿。为此，他绞尽了脑汁，最后竟使周围的人都对他产生了幻想。什么也改变不了他的初衷，即使他那骑士舅父一旁调侃，说什么二百万法郎对一个哲学家的头脑产生了奇妙的影响，奥克塔夫也不嗔怪。别人说他忘乎所以，他就顺势说，他即便当上王子，二十六岁之前也誓不结婚。那是他父亲结婚的年龄。

骑士见奥克塔夫一走，便说："显而易见，这个年轻人

---

① 克罗德·阿德里昂·埃尔维丘斯（1715—1771），法国哲学家，无神论者，著有《论精神》《论人及其智能与教育》。
② 捷雷密·邦达姆（1748—1832），英国哲学家，霍布斯与埃尔维丘斯的信徒。
③ 皮埃尔·贝尔（1647—1706），法国哲学家与批评家，是法国近代历史批评的先驱。

暗暗树立了雄心,要当主教或是大主教。他的出身、他的信条,将来一定能使他当上大主教。"

听到这番话,德·马利维尔夫人微微一笑,侯爵却感到非常不安。

"您这话可是无的放矢,"侯爵看见他妻子微笑,便回答骑士说,"同我儿子来往密切的,仅仅是几个神职人员,或者几个与他相投的青年学者。他显然讨厌军人,这在我的家族里还从未有过。"

"这个年轻人,确实有点古怪。"德·苏比拉纳先生又说。

骑士的这种看法,害得德·马利维尔夫人也长吁短叹起来。

奥克塔夫待在府中,就得陪人说话,心中实在厌烦,于是早早出门,到习武厅剧院去看戏。斯克里布①的剧作又精彩又幽默,然而,奥克塔夫却如坐针毡。"其实,舞台上的成功,比什么都更真实可靠,"他思忖道,"再说,对事情还不了解,就生鄙夷之心,这正是上流社会可笑的通病,我,也不特殊,同样难以避免。"看了夫人剧的两个最风趣的场面,依然不得要领:妙语连珠、趣味横生的台词,他却觉得非常粗鄙。《利害婚姻》演到第二幕,表现剧中还钥匙的时候,他再也看不下去,离开剧院,走进一家饭馆。他的行动

---

①欧仁·斯克里布(1791—1861),法国剧作家,作品很多,主要有《水杯》《贝尔特朗与拉东》《熊与总督》《利害婚姻》。他的戏剧以情节奇巧见长。

一贯诡秘,这次也不例外,要了蜡烛和一份汤,等汤一端来,他便插上门,兴致勃勃地看起刚买来的两份报纸,看完就非常小心地塞进壁炉烧掉,他这才付了账,步出店门。那天晚上,他回府更了衣,转身又出门,急着要到德·博尼维夫人的沙龙去。"当克尔公爵夫人嘴皮子那样刻薄,谁能向我保证,她不是诋毁阿尔芒丝呢?"奥克塔夫心想,"我舅父就一口咬定,说我让那二百万搞昏了头。"他在饭馆看报时,偶然读到一句不相干的话,产生了这种想法,当即高兴起来。他想到阿尔芒丝,不过那就像想起他在世上的唯一朋友,或者更确切地说,就像想起他几乎视为朋友的唯一的人似的。

他根本没有想到爱,而是极端憎恶这种感情。那天,在美德与痛苦的作用下,他的心灵坚定起来,心中充满了美德与力量,唯恐失之轻率,错怪了"一位友人"。

在德·博尼维夫人的沙龙里,奥克塔夫一眼也没看阿尔芒丝,然而,整个晚上,他没有放过表妹的一举一动。他一走进客厅,首先恭维当克尔公爵夫人,而且做得十分认真,把这个公爵夫人乐坏了,她还真以为奥克塔夫转变了态度,看重了自己的身份。

"这位哲学家,自从他可望成为富翁,就归到我们一边了。"公爵夫人悄悄地对德·拉龙兹夫人说。

奥克塔夫这样做自有用意,是要看看这个女人奸诈到了何等地步,如果发现她非常恶毒,就能在一定程度上判断出,阿尔芒丝是清白无辜的。他留心观察,发觉当克尔夫人心如死灰，只有仇恨的情感，才能给她那颗心添点生趣。相反，凡是慷慨高尚的行为，她就憎恶。可以说，她胸中怀着报复的渴望，感情里充满了卑鄙与无耻，只不过给无耻罩上最华丽的外衣；世间只有这种无耻的感情，才能令她那双小眼睛射出光芒。

别人正听得津津有味，奥克塔夫却想脱身而去，恰好这个时候，他听见德·博尼维夫人要人取她的象棋。那副象棋是中国的雕刻艺术品，做工非常精细，是杜布瓦神父从广州带回来的。奥克塔夫想趁机摆脱当克尔夫人，就请表姨把文件橱的钥匙交给他。德·博尼维夫人怕人乱动，平时就把那副精美的象棋锁在那里。阿尔芒丝正巧不在客厅，刚刚和她的知心朋友梅丽·德·泰尔桑小姐出去了。奥克塔夫要是不主动把钥匙讨过来，人家就会发现德·佐伊洛夫小姐不在而产生反感，很可能在她回来时还要给她白眼；那种白眼虽说极有分寸，可也异常凶狠。阿尔芒丝是个穷苦的姑娘，刚刚十八岁，而德·博尼维夫人已经三十出头了，但是她仍然非常漂亮，不过，阿尔芒丝也非常漂亮。

沙龙隔壁是一间相当宽敞的小客厅。阿尔芒丝同女友来到小客厅，在壁炉前停下来，她想给梅丽看一幅拜伦勋爵[①]像，那是不久前英国画家菲力普先生给她姨妈寄来的一幅样品。奥克塔夫从小客厅门前的过道经过时，非常清楚地听到阿尔

---

[①]拜伦勋爵（1788—1824），英国著名诗人，著有长诗《唐璜》等。

芒丝说：

"有什么办法呢？他同其他人一样！他那颗心灵，我原先还以为有多么美好呢，竟被二百万的希望给搅乱啦！"

"我原先以为有多么美好"这句称赞话的语调，犹如晴天霹雳，竟使奥克塔夫愣住了，一动不动地呆在那里。他走开时，脚步轻得连最敏锐的耳朵也不可能听见。他手里捧着象棋回来经过小客厅门前时，又停了片刻，随即羞红了脸，意识到自己的行为不雅，于是回到沙龙。在这种世道，嫉妒善于披上各种各样的伪装，奥克塔夫偶然听到的这些话，并不能完全说明问题。然而，说这话时的质朴天真的声调，却在他的心中回响。这绝不是嫉妒的声音。

奥克塔夫把中国象棋交给侯爵夫人，感到有必要思考思考，便走向一个角落，躲到一张牌桌后边。他在想象中，又反复听到那几句话的声调，久久地沉醉于甜美的冥想之中，这时耳边忽然响起阿尔芒丝的声音。他还没有想过用什么方法，才能重新赢得阿尔芒丝的敬佩，仍在美滋滋地体味失掉这种敬佩的幸福。他离开几个人安安静静打牌的偏僻角落，走近德·博尼维夫人那个谈话圈子，目光落在阿尔芒丝的身上。阿尔芒丝注意到，他的目光含有一种感动与倦怠的神情，仿佛经过了一场极度的欢乐，一双眼睛无力灵活地转动了。

那天，奥克塔夫没有得到另外一种幸福，他也未能同阿尔芒丝说上一句话。"天下的事情，没有比为自己辩白更难的了。"他一面这样思忖，一面装出聆听当克尔公爵夫人的劝告的神气。公爵夫人同他最后离开客厅,无论如何也要送他回府。外面寒气袭人,月光皎皎。奥克塔夫吩咐将马牵来,骑马在新建的大街上遛了几里;将近凌晨三点钟,他才掉转马头回府,却不知道为什么,不知不觉又绕道从博尼维府前经过。

# 五

> 她的头发光泽,一卷卷环绕着
> 美丽、平坦、晶莹得聪明的前额,
> 她的眉毛又长又弯,好似天弓,
> 她的脸蛋儿泛着青春的红色——
> 有时又光洁透明,仿佛有电闪
> 流过她的脉管……
>
> 《唐璜》①

"看到我父亲的财产猛增四倍,我虽然高兴,但是并没有完全乐昏了头,这一真情,如何通过事实,而不是仅凭空话,来向德·佐伊洛夫小姐表明呢?"在二十四小时之中,奥克塔夫集中了全部心思,想寻求这个问题的答案。他的心灵不

---

① 原文为英文,引自英国著名诗人拜伦的长诗《唐璜》。译文见查良铮所译《唐璜》第一章第六十一节。

知不觉被吸引进去，这在他身上还是破天荒第一遭。

多年来，他对自己的感情始终了如指掌，并引导自己的感情关切他认为合理的事物。这次却一反常态，他怀着二十岁青年的那种急不可待的心情，盼望着同德·佐伊洛夫小姐见面的机会。他毫不怀疑，向一个几乎每天见两次面的人，他肯定有说话的机会，所难的是讲什么话最适宜，最能令人家信服。他思忖道："归根到底，在短短的二十四小时里，我还不能以行动彻底地向她证明，我并不像她在内心里所指责的那样卑劣。因此，我理所当然首先应该申辩。"这条思路一开，便有许多话依次浮现在他的脑海里，但是那些话，他时而觉得夸大其词，时而又害怕轻描淡写，不足以驳斥如此严重的非难。到了十一点钟，他来到博尼维府的时候，到底要对德·佐伊洛夫小姐讲些什么，自己心里还一点数也没有。他是第一批进入沙龙的客人。然而他注意到，整个晚上，表妹同他讲了好几次话，表面上跟平时没有差别，可就是不给他单独说话的机会，令他不胜诧异。奥克塔夫特别生气，这天晚上像闪电一样转瞬过去了。

第二天，他的运气依然不佳。第三天，以及后来几天，他都未能同阿尔芒丝爽快地谈谈。他天天盼望能抓住时机，说出那句对他的人格至关重要的话，可是天天眼睁睁看着希望化为泡影，而在德·佐伊洛夫小姐的举止中，他又挑剔不出丝毫故意回避的神态。奥克塔夫认为，世上唯有德·佐伊洛夫小姐配得上他，而他却丧失了这个人的友谊与尊敬，仅仅因为人家误解了他,把与事实相反的情感强加在他的头上。平心而论,这种误解当然比什么都讨人喜欢,但是也最令人焦虑了。奥克塔夫心事重重,冥思苦想他所遇到的情况,经过了好几天,他才逐渐习惯了这种新的处境。从前,他多么喜欢缄默不语,现在却无意中改变了旧习。只要德·佐伊洛夫小姐能听得到他的声音,他的话就特别多。而实际上,他讲出来的话显得古怪也好,缺乏条理也罢,他根本不在意。其实,不管他讲话的对象是一位众所仰慕的夫人,还是一位身份高贵的夫人,他总是在向德·佐伊洛夫小姐说话,仅仅是为了讲给她听。

奥克塔夫有了这种实实在在的痛苦,倒摆脱了无名的忧伤。过去,他总是千方百计地判断,他在当时享受了几分幸福,现在,他却弃置了这种习惯。他丧失了唯一的友人,也丧失了他自信应该受到的尊敬。不过,这些痛苦无论多么难以忍受,却没有使他故态复萌,引起那种极端厌世的情绪。他心里思量:"哪个人没有受到过诽谤呢?今天对我严厉,一旦真相大白,严厉就必然会化为热情,从而弥补对我的失礼。"

奥克塔夫看到,有一重障碍将他与幸福隔开,但是他毕竟望见了幸福,至少说望见了苦恼的终极,望见了那种他终日萦怀的苦恼。他给生活确立了一个新的目标,热望重新赢得阿尔芒丝的尊敬,然而,这不是一件轻而易举的事情。这位少女的性格很独特。她出生在俄罗斯帝国边陲的塞巴斯托堡城,紧靠高加索的边境,她父亲曾在那里任城防司令。德·佐伊洛夫小姐的童年，就是在那种严酷的气候下度过的；她外表虽然十分柔和，内里意志却很坚强，这种性格就是在那种气候里磨炼出来的。她母亲是德·博尼维、德·马利维尔两位夫人的近亲，在路易十八①逃亡到米托城的时期，经常出入宫闱，后来嫁给一位俄罗斯上校军官。德·佐伊洛夫是莫斯科的阀阅世家。这位军官的父亲与祖父宦途多舛，他们依附的朝廷重臣不久失宠，被流放到西伯利亚，他们的家境也就很快衰败下来。

阿尔芒丝的母亲于一八一一年去世，不久德·佐伊洛夫将军在米哈依山战役中殉难，她又失去了父亲。德·博尼维夫人听说自己有一个亲戚，流落到俄罗斯内地的一座小城镇，仅仅靠一百路易②的年金过活，便毫不犹豫地把她接到法国来。德·博尼维夫人称她为外甥女，并且打算争取一份朝廷的恩典，给她寻一门好婚事。当初，阿尔芒丝的外曾祖父也曾得过勋位。由此可见，德·佐伊洛夫小姐刚刚十八岁，就已经历了许多苦难。也许正因为如此,生活当中发生的小风波，就仿佛在她的心灵上一掠而过，并不能掀起一点涟漪。有时候她可能受到强烈的刺激，这从她的眼睛里也未尝看不出来，但是显然，任何庸俗的情感休想在她身上发生作用。说来这种安详沉静，如果能打破片刻，该是多么欣慰啊！她这种神

---

①路易十八（1755—1824），法国国王，一八一四年至一八二四年在位。法国一七八九年爆发资产阶级大革命，他先后逃亡到科布朗斯、维罗纳、米托等地。拿破仑建立的第一帝国覆灭后，他从英国返回巴黎，继承了王位。
②法国旧金币名称，也叫金路易。

态，与她的聪明睿智相得益彰，使她赢得的敬佩，远远超过了她那种年龄所应该得到的份额。

在德·博尼维夫人的社交圈子里，凡是有名望的贵妇，都对阿尔芒丝友好相待。她能闯出这样的局面，就多亏她那独特的性格，尤其多亏她那双摄人魂魄的湛蓝的大眼睛。不过，也有不少女人同阿尔芒丝作对。她不喜欢的人，就不理不睬；这一点她姨妈劝过她多少次，她就是改不掉。她同人家讲话的时候，心里却想着别的事情，人家眼睛雪亮，自然看得出来。此外，在所有贵妇的举止言谈中，有些细微的表情动作，阿尔芒丝还不敢造次非难，甚至她也许并没想要严禁自己去效法。然而，即使她真的那样做，那在很长的时间内，她只要一回想起来，就会面红耳赤。她在孩提时代，对儿童的小玩意儿入了迷，后来狠狠地责备了自己。她养成一种习惯，很少依据别人的反应来对自己做出评价，而是主要看她当天的情绪如何。不过，到了第二天再一思量，又可能给她的生活罩上阴影。

在这个少女的容貌上，就像在她温柔娴静、无忧无虑的性格中一样，看得出几分亚洲女性的特点。尽管她已经长大成人，她那种性格似乎还没有脱离稚气，一举一动都不会使人直接联想到，那是一个女人所特有的夸张的感情，相反却表现出一种妩媚动人的可爱的风采。她丝毫不求表现自己，随时放过出风头的机会，这反而引起大家的兴趣。有好些事情是合乎习俗的，在那些最最高贵的夫人的举止中也每日可见，但是，阿尔芒丝却绝不苟同。总之，德·佐伊洛夫小姐要不是极其温柔，正当青春妙龄，她的对头准会指责她假正经。

在她遇事镇定的神态中，乃至在她的举止中，别人仇视的目光可能会发现有些古怪之处，这也情有可原，她接受的是外国教育，而且到法国来的时间也不长。

德·佐伊洛夫小姐这种古怪性格，不免给自己招致了冤家对头。德·博尼维夫人是社交界的大红人，对小姐的宠爱特别明显，这就使夫人的朋友心生妒恨，饶不过她。奥克塔夫就是在这样的女人堆里打发日子。德·佐伊洛夫小姐为人正直不苟，也令这些人畏惧。由于攻击一个年轻姑娘的行为比较难，她们便攻击她的容貌。有人说，他这位年轻的表妹稍微下点功夫，就会漂亮得多，对此奥克塔夫头一个就表示同意。阿尔芒丝的相貌出众之处，恕我冒昧直言，就是所谓的俄罗斯型美；她的整个脸庞，一方面高度集中了淳朴忠诚的神态，这点在文明过于发达的民族已见不到；另一方面也显示出一种独特的综合美，既有纯血统的切尔克斯①人的特征，又有几分线条稍显分明的日耳曼人相貌。她那张脸异常严肃，没有一处流于一般，但是即使在平静的时候，也有点太富于表情，这就不完全符合法国人对少女美的看法。

心地宽厚的人认为，谁在他们的面前受人攻击，而缺陷

---

① 高加索北部的民族。

又首先由冤家对头指出来,这对谁反倒是一件大好事。德·博尼维夫人的好友们恨极了阿尔芒丝,索性不顾身份,公然嫉妒起她这条可怜的小生命,动不动就拿她取笑,说她的长相不好,前额太高,从正面看,脸上的线条有些过于突出。

在阿尔芒丝的相貌特征上,可能给她的对头抓得住的唯一把柄,就是在她心不在焉的时候,眼神往往显得古怪。她那种凝思、深邃的眼神,一副专心致志的样子,连最喜欢挑剔的人见了,也肯定会认为是无可厚非的,在那种眼神里既看不出卖弄风情,也看不出自鸣得意。然而不可否认,她那眼神与众不同,仅仅这一点,在一个少女身上就不适宜。德·博尼维夫人的女客们聚在一起,在确信有人注意她们的时候,就一边对德·佐伊洛夫小姐评头品足,一边还常常模拟她的眼神。当然,这些庸俗的女人模仿时故作不见,并去掉那种眼神里美的东西。德·马利维尔夫人见她们如此刻毒,实在看不下去,有一天对她们说:"你们这种情形,就像被贬谪到人间的一对天使,不得不把自己隐蔽在凡人的形体中,等到再度相遇时,就这样相互打量,好辨认出对方来。"

应当承认,在一个如此有主见、如此坦率的人面前,仅仅说几句巧妙含蓄的话,就想辩白清楚一个严重的过失,并不是轻而易举的事。奥克塔夫要想做到这一点,必须有随机应变的才能,尤其要显得泰然自若,这就是他这样年龄的人所难于达到的了。

阿尔芒丝无心说的一句话,让奥克塔夫理解为她已经不再把他视为契友了。奥克塔夫当时心头一沉，有一刻钟的工夫没讲出话来。在阿尔芒丝的那句话里，他又根本找不到借口回答，以便重新赢得人家的友谊。他几次试图申辩，可是为时已晚，气氛变了，他的话显得无的放矢，不过，阿尔芒丝听了却若有所思。对阿尔芒丝含沙射影的指责，奥克塔夫绞尽脑汁进行辩解，但仍无济于事。他在无意之中，显露出来自己受到深深的挫伤，这也许是他取得谅解的最巧妙的方式。

自从赔偿法案已成定局，甚至对社会上大多数人都不再是一个秘密以后，奥克塔夫身价百倍，俨然成了一个人物，着实令人有些吃惊。他一跃成为严肃人物的关切对象。大家对他的态度，来了个一百八十度的大转弯，特别是那些身份极高的贵妇，她们纷纷想招他为乘龙快婿。我们这个世纪做母亲的人，总是不懈地给女儿寻找丈夫，这种怪癖叫奥克塔夫憎恶到了难以名状的程度。就拿某公爵夫人来说，奥克塔夫有幸同她沾一点亲，可是在赔偿法案之前，她难得同奥克塔夫说句话，现在却认为有必要向他道歉，因为她在习武厅剧院订的第二天包厢，没有给他留个座位。

"我知道，亲爱的奥克塔夫，"她对她表侄儿说，"您对那所漂亮的剧院成见太大，然而，那是唯一令我开心的剧院。"

"我承认我的看法错了，"奥克塔夫说，"细想想作者也有道理，他们写的辛辣的台词其实一点也不粗俗。不过，我推翻我从前讲过的话，绝不是有意向您讨一个座位。实话实说吧，我这个人生来古怪，既不合于上流社会，也不欣赏这类喜剧。看来，这类喜剧正是上流社会有趣的缩影。"

这样一位英俊的年轻人，说起话来竟是一副厌世的腔调，公爵夫人的两个姑娘一旁听了，觉得非常好笑，整个晚上，她们都以此为笑谈；可是第二天见了面，对奥克塔夫照样还是无拘无束。奥克塔夫注意到这种变化，只是耸耸肩膀。

奥克塔夫对自己的成功感到惊奇，特别是因为他并没有花费气力。不过，他素谙人情世故，料到自己要引起嫉妒，遭受攻击；他想，这项赔偿法案，也少不得要向我提供这种乐趣。他并没有等上多久，几天之后，果然有人告诉他，在德·博尼维夫人的社交场上，有几个年轻军官有意嘲笑他新近得到的财产：

"这个可怜的马利维尔有多倒霉呀！"其中一个军官说，"那二百万赔偿，就像一块瓦落到他的头上！看来教士他也当不成啦！这多让人伤心啊！"

"真是不可思议，"第二个军官接着说，"在本世纪，贵族遭到如此激烈的攻击，有人竟敢安享贵族的称号，却逃避为本阶级流血牺牲。"

"然而，唯有这种美德，雅各宾党人还没敢攻击说是虚伪的。"第三个军官补充了一句。

奥克塔夫听说这场谈话之后，越发到处露面，有舞会就参加，神气活现；遇到年轻人，他还竭力显得放肆无礼。但是，这样的态度，却没有引起一点非议。他深感诧异（他刚刚二十岁），发现别人越发尊敬他了。果然，赔偿财产这个事件，使他完全忘乎所以了。可是，大多数女人说：原先他身上缺乏的，恰恰是这种倜傥不羁的神气！奥克塔夫自己认为是傲慢无礼的举止，她们却称之为倜傥不羁。不过话又说回来，如果无人告诉他别人在背后讲他坏话，他无论如何也不会采取这种态度。奥克塔夫在上流社会处处受到欢迎，这种欢迎令人吃惊，可是正合乎他生来就矫矫不群的禀性。他为自己在社交场上的成功感到高兴，更主要的原因是他看到母亲的眼里流露出幸福的神情。正是在德·马利维尔夫人的百般催促下，他才恋恋不舍，放弃了离群索居的生活。但是，他成为别人献殷勤的对象，这对他起的最一般的作用，就是勾起他的心事：他丧失了德·佐伊洛夫小姐的欢心。这种不快与日俱增，有时几乎到了失礼的程度，起码可以说，她是决意疏远他了。由于赔偿法案，奥克塔夫的生活焕然一新，这在博尼维府表现得最为明显；在这种情况下，德·佐伊洛夫小姐疏远他，也就格外引人注目。

奥克塔夫曾经希望，有朝一日他能主持一座有影响的沙龙。自从有了这种可能性，德·博尼维夫人便下了狠心，一定要让他摆脱那种枯燥的实用哲学。最近几个月，她就是这样称呼通常所说的十八世纪哲学[①]。

---

①指法国资产阶级启蒙哲学，提倡"理性""真善美"，反对宗教，反对封建专制主义，代表人物主要有伏尔泰、狄德罗、孟德斯鸠、卢梭等。

她常对奥克塔夫说:"那些人实在太丧气,您什么时候把他们的书丢进火里烧掉呢?在您这样年龄、您这样地位的年轻人里,恐怕只有您一个人还看这种书。"

德·博尼维夫人希望奥克塔夫改弦易辙,是要让他信奉一种日耳曼的神秘主义。她耐心地同奥克塔夫一起检查他是否具有"宗教的感情"。自从脱离了孤独的生活,奥克塔夫遇到了许多稀奇古怪的事情,他便通过这些事情验证,看他能不能改宗。他心中暗想,这才叫荒唐呢,别人绝料不到我会这样。

德·博尼维侯爵夫人在社交界里,可以说是公认的最出色的一位夫人。她的相貌十分端庄,一双杏眼神采奕奕,令人肃然起敬;她的体态雍容华贵,举止十分高雅,也许有些过分高雅。这样一副模样,无论到什么地方,也都是众人瞩目的对象。德·博尼维夫人的几间客厅相当宽敞,对她十分有利。举例来说,议会最近一次会议开幕的那天,在表彰最杰出的夫人的名单上,她名列第一。奥克塔夫怀着极大的兴趣,观察"宗教感情"的研究会产生什么结果。他这个人,一贯自诩毫不虚伪,现在却干起一件虚伪的事情,想想别人肯定要猜测纷纭,便按捺不住内心的兴奋。

德·博尼维夫人的品德高尚,谤毁之言损害不了她的名誉。在她想象的空间,只有上帝与天使的容身之处,或者,顶多再加上介于上帝与人的某些中间体。按照德国最现代的哲学家的学说,这些中间体在我们头顶几尺高的地方飞舞。

他们虽然距离我们很近，可也算是居高临下，"吸引我们的灵魂"，如此等等，不一而足。德·博尼维夫人自从迈进了社交界，就赢得了贤淑的名声，她不但受之无愧，而且经受住了短袍耶稣会会士的巧妙含蓄的攻击；奥克塔夫心中暗想：她现在要拿这种声名为我冒险。一位如此尊贵的夫人，对他这样关切，又做得非常明显，令他心中十分快慰。因此，不管德·博尼维夫人认为为了他的转变有必要讲解多长时间，他都能耐着性子听下去。

在德·博尼维夫人新结识的人当中，奥克塔夫很快成为幸运儿，几乎与她形影不离。在一些社交场上，这位侯爵夫人的名声实在太高，就连她自己都在想，她要是肯到宫廷里露露面，无疑会压倒那里的群芳。侯爵夫人的身份高贵，打扮又非常入时，而且风韵不减当年，然而，她尽管有这些优越的地方，对奥克塔夫却没有产生丝毫影响。说来也是不巧，奥克塔夫觉得她有些忸怩作态。他一旦在什么人身上发现这个缺陷，脑子里便只想嘲笑一番。这位二十岁的哲人，任凭别人给他换脑子，却远远没有悟透这种乐趣的真正原因是什么。他这个人，过去曾多少回暗暗发誓，与爱情势不两立，换言之，仇视这种感情是他一生的大事；殊不知，他往博尼维府上跑得那样起劲，恰恰是因为阿尔芒丝在她姨妈的身边，尽管这个姑娘瞧不起他，或许还憎恨他。不过，奥克塔夫并没有抱任何奢望，他性格上的主要毛病，就是过分夸大自己的短处。如果说他稍许有一点自尊心的话，那也只是表现在人格与勇气方面。在他的本阶级中,大部分同他年龄相仿的年轻人,都把许多可笑的,但又容易卖弄的见解,当成他们的准则。奥克塔夫却不随声附和,他这样做既非常果断,又没有炫耀之心。

这些得意之点,他当然不会视而不见。例如,他喜欢军旅生活,又不抱加衔晋级的任何野心。应当承认,这些得意之点,使他对自己的坚定性格产生了巨大的信心。奥克塔夫常说,我们没有体察自己的内心,是由于怯懦,而不是由于蒙昧。他凭着这条出色的原则,有点过分地相信自己的明智。谁要是贸然对他说,有朝一日,他准会爱上德·佐伊洛夫小姐,他就会当即离开巴黎。但是,他处于眼下的境地,还远远谈不上这种念头。他十分敬佩阿尔芒丝,可以说唯独敬佩她一个人,而反过来,阿尔芒丝却鄙视他,也正因为如此,奥克塔夫才敬佩人家。想要重新赢得他表妹的尊敬,这不是非常容易理解的吗?这其中没有丝毫企图讨好这个姑娘的嫌疑。奥克塔夫远远排除了爱情的意念,甚至连一丝猜想也没有萌生,这是因为他同阿尔芒丝的对头在一起的时候,他头一个就附和说她有缺陷。再说,表妹始终不同他讲话,使他的希望不断落空,内心焦躁不安,他也就无法觉察出来,别人在他面前指责阿尔芒丝的那些缺陷,其实在他的思想里,无不与某种突出的优点相关联。

例如有一天,有人攻击阿尔芒丝,说她偏爱环形鬈发垂在脑袋周围的短发,有如莫斯科那里女人的发型。

"德·佐伊洛夫小姐觉得梳这样的头方便,"德·博尼维夫人的一位女客说,"她不愿意在梳洗打扮上花费时间。"看到贵妇们大肆赞赏这种推理,奥克塔夫在一旁不免幸灾乐祸。她们言下之意似乎要表明,阿尔芒丝忠心耿耿,做出一切牺牲好专门侍候她姨妈,是完全应该的。然而,她们的眼神却在说,她是尽伴娘的义务,才把一切全牺牲掉的。奥克塔夫心高气傲,绝想不到驳斥这种含沙射影的攻击。他一边幸灾乐祸,一边心里又美滋滋地暗暗赞叹。他嘴上不讲,心里却觉得:这个受到其他所有女人攻击的女人,却是这里唯一值得我敬佩的人!她身无分文,而其他那些女人却非常富有。要讲夸大金钱的重要性,只有她还可能有资格。然而她领取的年金不满一千埃居①,却不把金钱放在眼里。独独那些十分阔气的女人,才向金钱卑躬屈膝地膜拜。

①法国旧币,各时期价值不一。当时一埃居等于五法郎。

## 六

> 克伦威尔,听我劝告,千万把野心抛掉,
> 天使有了野心,都会获罪而堕落,何况人
> 不过是造物主的影像,怎能企望靠野心成功?
>
> 《亨利八世》[1]

一天晚上,牌桌已经摆好,几位贵妇也来了,德·博尼维夫人离座同她们寒暄了一阵,然后怀着特殊的兴趣对奥克塔夫说:

"您这个人呀,真叫人猜不透。"这话她重复了有一百遍了。

"您要是能向我发誓,永远不泄露我的秘密,"奥克塔夫答道,"我就告诉您。这个秘密谁也不知道。"

"怎么!连德·马利维尔夫人都不晓得吗?"

---

[1] 原文为英文,引自莎士比亚戏剧《亨利八世》的第三幕。

"我非常尊敬她,绝不忍心惹她不安。"

德·博尼维夫人纵然有多么理想的信仰,听到这话也不可能无动于衷了。面前的这个男子,在她的眼里已近乎完美无缺,了解这样一个人的重大秘密,确实有吸引力,况且,这个秘密又从来没向人吐露过。

奥克塔夫要求永远保守秘密;德·博尼维夫人听了这话,便走出客厅,过了片刻又返回来,只见她的金表链上挂了一件奇特的饰物:柯尼斯堡①制造的一种铁十字架。德·博尼维夫人用左手拿起它,压低了声音,庄严地对奥克塔夫说:"您要求我在任何情况下,无论对谁都永远保守秘密。我以耶和华②的名义向您发誓,是的,我将保守秘密。"

"好吧,夫人,"奥克塔夫说,他觉得这个小小的仪式,以及他那高贵的表姨郑重的态度特别新鲜,"告诉您,经常使我心灰意冷,我从未对任何人讲过的隐衷,就是这种巨大的不幸:我根本没有'意识'。您所说的'内心感觉',在我身上一点也找不到,我没有丝毫规避罪恶的'本能'。如果说我憎恨邪恶,那一点也不足为奇,完全是我想通道理的结果,因为我觉得邪恶是有害的。向我证明邪恶是可怖的道理,每个关节我都能随时回想起来,由此可见,我身上没有丝毫神圣的,或者说是'本能'的东西。"

"噢!亲爱的外甥,您真让我可怜!可又令我伤心,"

---

① 苏联时期改为加里宁格勒。
② 《圣经》中上帝的名字。

德·博尼维夫人说,语气中流露出极大的兴趣,"您正是我们所说的'叛逆'。"

他们两人在一处,自然有人留心观察。此刻,她对奥克塔夫表现出来的兴趣十分明显,逃不过几位观察者的机灵的眼睛。德·博尼维夫人矫揉造作的姿态统统不见了,换上一副庄重真诚的神情。她听着这位英俊的青年讲话,特别在动了怜悯之心的时候,眼睛里便射出了温柔的光芒。她的好友们远远地望着,做出各种各样大胆的判断,殊不知,她之所以那样兴奋,仅仅是因为她终于发现了一个"叛逆"。奥克塔夫向她提供了一个战机,她如果能唤醒奥克塔夫的"意识"与"内心感觉",那就是一次永载史册的胜利。上个世纪有一位名医,他被请到一个府上,为他的朋友一位大老爷看病,检查完了病的症状,好长时间没有开口,突然兴奋地高喊起来:

"啊!侯爵先生,这种病,从我们祖辈就绝迹啦!'玻璃体液'!一种怪病,死亡率最高。啊!我重新发现它了,我重新发现啦!"

德·博尼维夫人的兴奋,就是属于这种类型,在一定程度上,可以说是艺术家的兴奋。

她现在正极力宣传新教①,认为新教应该取代过时的基督教。众所周知,基督教正经历第四次变革。她自从宣传新

---

① 改革基督教的新教派,主要有德国的路德教派,法国与瑞士的加尔文教派,以及英国的圣公会等。

教以来，就听说存在着"叛逆"，只有他们反对德国神秘论学说，而这种学说的基础，就是确认人具有识别善恶的内心意识。她的运气真好，发现了一个"叛逆"，世间唯有她了解这个人的秘密。这个"叛逆者"是个完人，因为他的道德行为是绝对正派的，他"中魔"的本身极其单纯，没有丝毫个人动机的嫌疑。

那天，德·博尼维夫人摆了许许多多有力的理由，要说服奥克塔夫相信，他有"内心感觉"，我在此就不一一赘述了。读者大概没有奥克塔夫那样幸运，坐在离他可爱的表妹三步远的地方。尽管那位表妹从内心里鄙视他，他还是渴望重新赢得她的友谊。这种内心感觉，顾名思义，不可能在外表上流露出丝毫的迹象来。"但是，没有比这更简单、更容易理解的了，譬如您就是一个'叛逆者'，等等。除了空间与时间，尘世再没有任何实存的东西，这一点难道您没有看到，没有感觉到吗？……"

听着所有这些美妙的论证，德·马利维尔子爵眼里射出兴奋的光芒，还真有点中魔的样子。德·博尼维夫人的眼光非常敏锐，马上高声说："嗐！亲爱的奥克塔夫，看您的眼睛，'叛逆'的精神有多明显。"应当承认，奥克塔夫那双又大又黑的眼睛，此刻非常动人，而在平时，却总是无精打采的，即或透过他那世上最美的金发卷，射出火热的光芒，也是一闪即逝。对那双眼睛的魅力，在法国可能比在任何别的地方体会得更深：它们显示出的一颗心灵，多年来被人看成冷漠无情，却突然间对您热情奔放。这工夫，奥克塔夫显得英俊无比，说话充满了情感，语调极其自然，德·博尼维夫人见了，犹如触了电一般，顿时变了模样，那神态着实令人销魂。此刻，她的眼睛闪烁着勇敢忠诚的光芒，为了确保新宗教的胜利，她可以赴汤蹈火，以身殉道。然而，恶意窥探她的人见此情景，又是多么扬扬得意啊！

客厅里这两个杰出的人，并没有意识到有人在盯着他们。他俩丝毫没有相互取悦的想法，这在他们的头脑里一点位置也没有。在场的当克尔公爵夫人和她身边的人，是法国最精明不过的女性，她们无论如何也不肯相信，世上竟有这样清清白白的事情。在上流社会，人们就是这样判断感情问题的。

阿尔芒丝对待她表兄的态度，还真表现得特别执着，几个月来，她始终不同他谈有关他俩私人的事情，还常常整个晚上都不同他讲话。奥克塔夫开始注意到，阿尔芒丝肯发现有他这个人，那就该谢天谢地了。

奥克塔夫见德·佐伊洛夫小姐宿怨不消，便小心翼翼，不露出心慌意乱的神色。过去在社交场上，他总是默默无言，那双美丽的眼睛含着无限的烦恼，神态既非常古怪，又十分高雅。现在他一反常态，话多起来了，根本不管荒唐不荒唐。不料这样一来，在那些一般都效法德·博尼维夫人沙龙的沙龙里，奥克塔夫一下成为最时髦的男子了。他能取得如此成功，主要是因为他对一切都抱着超然物外的态度，比他的对手们确实高出一筹。他来到那些自命不凡的人中间，毫无自负的神态。他的"名望",从杰出的德·博尼维夫人的沙龙一直传到羡慕这位夫人的其他社交场合,因而,奥克塔夫没费吹灰之力,便得到了十分满意的地位。他还没有任何作为,可是一踏进上流社会,就成为一个与众不同的人。在别人看来,他的一言一行无不具有奇趣,就是他轻蔑地沉默不语,也显得非同寻常。有些人一到场,他就突然住口了,认为对那种人谈论高尚的情感,无异于对牛弹琴。德·佐伊洛夫小姐见他这样走红,感到非常奇怪。三个月以来,奥克塔夫完全变了个人。他的谈吐,大家都觉得无比精彩,就是对阿尔芒丝也隐隐有一种魅力。说来不足为奇,奥克塔夫讲话只有一个目的,就是要讨好阿尔芒丝。

时节将近隆冬,阿尔芒丝认为,奥克塔夫要做高门的乘龙快婿了。这事不难判断,短短的几个月,德·马利维尔子爵的地位就给抬得很高很高。在博尼维府的沙龙里,人们有时会见到一位大贵族。此公一生都在寻求即将闻名一时的人或物,他的癖好就是赶时髦,也亏了这种卓越的思想,他在宦途上得意非凡,人虽然庸庸碌碌,却当上了贵族院的议员。这位大贵族像职员一样,对大臣们奴颜婢膝,极得他们的赏识。他有一个小女儿,是他的唯一继承人,谁要是能攀上这门亲事,他就会把王朝给予他的极大荣誉、极大的优惠传给谁。整个冬天,他似乎都在注意奥克塔夫,不过,谁也没有料到,年轻的子爵这么快就要飞上高枝。这位公爵先生要在他的诺曼底采邑的森林里,组织一次大规模的围猎。应邀前去参加的人，面子上是很有光彩的。三十年来，他发出的每个邀请，机灵的人全能猜得出其中的意图。

公爵事先没有透露一点风声，突然给德·马利维尔子爵写了一封热情洋溢的信，邀请子爵同去打猎。对老公爵的行事与性格，奥克塔夫一家了如指掌，他们全体一致认为，奥克塔夫此行到朗维尔古堡去做客，要是能得到主人的欢心，有朝一日他就会当上公爵与贵族院议员。德·苏比拉纳骑士和全家人给他出了许多好主意，奥克塔夫这才动身。到了那里，他有幸看到一个精彩场面：四只出色的猎犬追逐一只鹿，从百尺高的悬崖上一同坠入塞纳河。第三天，奥克塔夫便返回巴黎。

"看来您是发疯了，"德·博尼维夫人当着阿尔芒丝的面，对奥克塔夫说，"您不喜欢那位小姐吗？"

"我没有怎么留心看她，"奥克塔夫十分冷静地答道，"我甚至觉得她人很不错。但是，到了我该来这里的时候，我待在那里心情实在憋闷。"

奥克塔夫大略讲了这么几句具有哲理的话，宗教的讨论又重新展开，而且更为热烈了。在德·博尼维夫人看来，奥克塔夫实在是不同凡响。由于对礼仪的本能的顾忌，恕我冒昧地这样讲，或者由于瞥见了有人窃笑，美丽的侯爵夫人终于明白过来，在每天晚上有上百个人聚会的沙龙里"教诲叛逆者"，恐怕不是最理想的地方。有一天，她让奥克塔夫次日用过午餐到她府上去。奥克塔夫早就等着这句话了。

时值四月,翌日阳光灿烂,微风送暖,春意宜人。德·博尼维夫人产生一个念头,要把宗教讨论会移至花园。她很想从"始终新鲜"的大自然景物中,汲取一些有力的论据,好证明她哲学上的一个根本观点:美则必真。侯爵夫人头头是道地讲了大半天,这时一个女仆来见她,提醒她该去拜会一位外国王妃。这还是一周前订的约会。但是,德·博尼维夫人把兴趣全放在新宗教上,认为将来终有一天,奥克塔夫会成为这个宗教的圣保罗①,因此她把一切都置于脑后了。侯爵夫人谈兴正浓,便要奥克塔夫等她回来。"有阿尔芒丝陪您呢。"她又添了一句。

等德·博尼维夫人一走远,奥克塔夫马上接着讲起来,丝毫也不羞怯。须知一个人只有承认产生了爱情,有所追求,才可能羞怯。

"表妹,我的'意识'向我讲些什么,您知道吗?"奥克塔夫说,"那就是这三个月来,您鄙视我,把我看成一个庸人,认为我有了增加财产的希望,便忘乎所以了。我很早就想向您剖白一番,不是凭着空话,而是拿出行动来。然而,我没有找到一个有决定意义的行动,无可奈何,只好求助于您的'内心感觉'。实际情况就是这样。请您盯住我的眼睛,看我讲话的时候,是不是在说谎。"

于是,奥克塔夫开始叙述,把这一时期的各种感受,一

---

①基督教的创始人之一,于公元六十七年在罗马殉难。每年六月二十九日为圣保罗节。

系列的尝试，都详详细细地讲给他的表妹听，语气十分天真。这些情况，我们已经向读者交代过了。就连他去拿中国象棋的那次，听到阿尔芒丝对契友梅丽·德·泰尔桑说的那句话，他也没有忘记讲出来。"那句话支配了我的生活，从那以后，我一心想重新赢得您的尊敬。"他回忆的这段往事深深地打动了阿尔芒丝，几滴眼泪顺着她的面颊悄悄流下来。

她始终没有打断奥克塔夫的话，等他讲完之后，她又沉默了许久。"您认为我是有罪过的呀！"奥克塔夫见她不开口，激动万分地说。阿尔芒丝还是不回答，奥克塔夫眼里闪着泪花，高声说道："我失去了您的尊敬。现在，我在世上干一件什么事情，才能恢复我过去在您心中的地位呢？请您给我指出来，我立刻就去办到。"这句话讲得既不过分，又深沉有力，阿尔芒丝勇气再大也挺不住了。她再也无法不动声色，眼泪簌簌直往下落，毫无忌讳地哭了起来。她害怕奥克塔夫再多说上几句，会使她更加意乱心慌，剥夺她仅存的一点自制力。她特别不愿开口讲话，怕露了真情，只好赶紧把手递给奥克塔夫，又振作了一下，才完全以朋友的口气说："我对您十分敬重。"她真幸运，望见一名使女从远处走过来。她一脸泪痕，必须避开那个使女，正好以此为借口，离开了花园。

# 七

热情力图伪装，但因深文周纳，
反而暴露了自己，有如乌云蔽天，
遮蔽越暗，越显示必有暴风雨，
　　眼睛想掩饰内心也总归枉然。
因为热情无论躲在什么假象里，
那终究是装模作样，易于看穿：
冷漠，嗔怒，甚至轻蔑或憎恨，
　　都是它的假面具，但骗不了人。

　　　　　　　　　　《唐璜》①

奥克塔夫眼泪汪汪，呆呆地坐在那里，他不知道自己应该高兴，还是应该悲伤。期待了这么久，他终于进行了这

---

① 引文为英文，译文见查良铮所译《唐璜》第一章第七十三节。

场渴望的战斗，自己究竟是失败了，还是胜利了？他心中暗道："如果失败的话，那我可就没有一点希望了。阿尔芒丝肯定认为我的罪过太大，根本配不上她的友谊，所以我向她道歉，刚说了几句，她就佯装并不把这事放在心上，不屑于同我进一步解释。'我对您十分敬重'，这短短的一句话是什么意思呢？还有比这更冷淡的话吗？这是恢复当初的亲密无间的关系，还是一种礼貌方式，用以打断令人不快的解释呢？"阿尔芒丝突然走开，尤其令他感到情况不妙。

奥克塔夫满腹疑虑，把刚才所发生的事情，一件件极力回想清楚，试图从中引出结论。他一边要竭力进行正确的推理，一边心里又惴惴不安，生怕突然有个决定性的发现，打消他的一片狐疑，并证明他表妹认为他不配受到尊敬。这边，奥克塔夫正这样胡思乱想，那边，阿尔芒丝也陷入痛苦之中。她哽哽咽咽，唏嘘不已，然而流的是羞愧的眼泪，而不再是刚才那样的幸福的眼泪。

阿尔芒丝急急忙忙躲进卧室，她羞愧到了极点，自言自语道："天啊，奥克塔夫看见我刚才那种样子，会有什么想法呢？他能理解我为什么流泪吗？唉！我又何必怀疑呢？像我这样年龄的一个姑娘，听了朋友的几句知心话，几时竟会哭起来呢？噢，天哪！做出这样一件丢人的事情，怎么还有脸同他见面呢？我的处境已经够难堪的，就差引起他的鄙夷了。不过，他说的也不是简简单单的几句知心话；三个月来，我一直回避他，不同他讲话；因此，他的话应该是失和的朋友间的一种和解。按说，在朋友和解的时候，流点眼泪也情有可原——对，这样解释得通。然而，我不该跑掉啊，不该慌乱到了无法控制的程度啊！

"我何必躲到房间里，痛哭流涕呢？还不如回到花园去，接着同他说说话，表示自己的幸福心情仅仅是出于友谊。对，"阿尔芒丝思忖道，"我应当回花园去，德·博尼维夫人可能还没有回来呢。"她站起身，照了照镜子，见自己满面泪痕，神态异常，无法去见奥克塔夫，便"啊"地叫了一声，绝望地瘫在一把椅子上。"我真不幸，算是丢尽了脸面，而且，是在谁的眼里呢？是在奥克塔夫的眼里啊！"她呜呜咽咽，十分痛心，再也想不下去了。

"怎么！"她过了半晌，又自言自语道，"就在半个小时以前，我心里尽管隐藏着命里注定的感情，可我毕竟还是非常平静，甚至可以说是非常幸福的，现在却完啦！永远完了，无可挽回啦！一个像他那样聪明的男子，肯定看得出来，我的意志薄弱到了什么程度。他的理性非常严格，对我这样的薄弱意志是最为反感的。"阿尔芒丝又哽咽起来。这样极度痛苦的心情持续了好几个小时，结果她发了低烧。晚上，侯爵夫人让她在屋里休息。

随着体温增高，她很快又产生了一个念头："我只是丢了一半的脸面，不管怎么说，我毕竟没有用明确的语言，承认我这前世注定的爱情。不过，从刚才发生的情况来看，难保我今后不会吐露出来。在我与奥克塔夫之间，必须筑起一道永久的屏障。我务必得去当修女,选择修道生活最孤寂的教派,到一个群山环抱、风景秀丽的修道院去。在那里,我永远不会听到人提起他。按照这个念头去做,就是我的'职责'。"苦命的阿尔芒丝思忖道。从这个时刻起,她的自我牺牲已成定局。她嘴上不讲,心里却体会到(详细讲出来,就仿佛还有怀疑),体会到这样的事实:"我既然明确了'职责',如果不立刻盲目地、毫不犹豫地履行,那就无异于庸人的行径,就根本不配得到奥克塔夫的友谊。他对我说过多少回,这是识别高尚心灵的秘密标志!啊!我的高尚朋友,我亲爱的奥克塔夫,这是您的决定,我一定遵从!"她由于发烧,才有胆量小声说出这个名字,并且一再重复它,心里感到很幸福。

阿尔芒丝想进修道院,便马上以修女自居,看到自己的小卧室点缀一些世俗的装饰品,有时也感到很惊奇。"圣西斯托这个美丽的圣母雕刻,是德·马利维尔夫人送给我的,我也应该转送给别人了,"她自言自语道,"这还是奥克塔夫亲手选的,他认为它胜过拉斐尔[①]的处女作《圣母的婚礼》。我想起来了,当时,我还同他争论选得好不好,其实,我只是为了开开心,看他怎样为自己的选择辩护。难道说,我不知不觉地爱上他了吗?我始终爱他吗?噢!这种感情真可怕,必须把它从我的心中驱除。"阿尔芒丝万分苦恼,竭力不想她的表兄,然而她觉得,表兄的形象同她生活中的

---

[①] 拉斐尔(1483—1520),意大利著名画家、建筑师、考古学家。

每件事都相关联,甚至同她生活中最不相干的事情也纠结在一起。她已把女仆打发走,剩下她一个人在房间里,好痛痛快快地哭一场。过了一会儿,她又按铃叫人,吩咐把卧室里的雕刻全搬到隔壁房间去。小卧室顿时显得光秃秃的,仅仅剩下漂亮的天青石色的墙纸。她暗自思量:"一个修女,可以给寝室糊上墙纸吗?"这是一个难题,她考虑了许久。她心中设想的修道环境,必须同她将来在修道院居住的寝室完全吻合。在这件事上犹豫不决所产生的苦恼,超过了她所有的痛苦,因为,那些痛苦是她臆想出来的,而犹豫不决的心情则是实实在在的。最后她想道:"不行,那里恐怕不准糊墙纸。在创立教派的那些修女生活的年代,纸还没有发明出来呢。那些教派是从意大利传进来的。图博斯金王爷就曾说过,每年用石灰粉刷一遍墙壁,这是许多美观的寺院唯一的装饰。"她在极度兴奋中又说道:"啊!也许应当乘船到意大利去,就借口身体不好。唉!不成。无论如何不能离开奥克塔夫的祖国啊,至少要能经常听到他使用的语言啊!"这时,梅丽·德·泰尔桑小姐走进来,发现卧室四壁光光,不禁大吃一惊,她走近她的朋友,脸上立时失去了血色。阿尔芒丝非常兴奋,一方面由于发烧,另一方面也因为怀有一种崇高的激情,这种激情,仍然是爱奥克塔夫的一种方式:她想向梅丽说出自己的心里话,以便加深她俩的友谊。

"我要去当修女。"她对梅丽说。

"怎么!那个人的心肠竟如此硬,把你这个娇弱的人儿伤害了吗?"

"噢!天哪,不是,对于德·博尼维夫人,我没有什么可抱怨的。她把对待一个穷苦的、默默无闻的姑娘所能具有的感情,全用到了我的身上。她在忧伤的时候,甚至还挺喜欢我,可以说,她对待任何人,不可能比对待我更好了。如果我对她有一点点抱怨的意思,那也是不公道的,何况我也会意识到自己的地位。"

听了她回答的最后这句话,梅丽忍不住哭了。梅丽非常有钱,但是她也有高尚的情感,这是她出生的那个名门世家的家风。两个朋友再没有说什么,只是相互紧紧地握住手,直流眼泪,晚上大部分时间就这样度过了。阿尔芒丝最后告诉梅丽,她都因为什么要进修道院,只有一条原因避而不谈:一个穷苦的姑娘,在世上能有什么出路呢?无论如何,总不能嫁给街头的一个小商贩吧?什么样的命运在等待她呢?在修道院里,就只需要遵守教规,虽说没有她在德·博尼维夫人身边那样的娱乐,诸如欣赏美术作品,倾听上流社会人物的高谈阔论,可是也绝对用不着讨好任何人,更不会因为讨不到好而蒙受羞辱。阿尔芒丝绝不肯提起奥克塔夫的名字,否则她会羞愧而死的。"这就是我的最大不幸。"阿尔芒丝投进梅丽的怀中,一边哭一边想,"真难哪,甚至向自己最忠诚、最有道德的朋友讨主意都不成。"

阿尔芒丝在卧室里哭泣的时候,奥克塔夫这头心里也明白,整个晚上他不会见到德·佐伊洛夫小姐了,于是不顾他的处世哲学,以一种他自己都无法解释的举动,去接近那些被他怠慢了的女人,平时因为聆听德·博尼维夫人的宗教论述,他才怠慢她们的。好几个月以来,奥克塔夫成了别人追求的对象,那种追求虽说十分有礼貌,可是却越发叫人讨厌。他变得厌世而且忧伤,像阿尔塞斯特①一样,听说人家有女儿要出嫁就头疼。只要有人向他谈起一位他不认识的贵妇,他劈头一句话就问:"她有女儿要出嫁吗?"近来,他说话愈加没有顾忌,听到回答人家没有女儿要嫁人,他仍然不满足,还要追问一句:"她没有女儿要出嫁,难道她连个侄女都没有吗?"

正当阿尔芒丝神志不清的时候,奥克塔夫却在那里寻开心,他不仅同所有那些有侄女的夫人闲聊,而且还同令人生畏的、膝下多至三个女儿的母亲搭话,以便排遣因午前的事件而产生的疑惑不定的心情。奥克塔夫之所以鼓起那么大勇气,同那些夫人周旋,也许是因为他看到阿尔芒丝平时坐的那把小椅子,依然在德·博尼维夫人的圆椅旁边。阿尔芒丝的椅子不高,德·克莱府的一位小姐坐到上面,她的日耳曼型的肩膀很美,正好借重矮椅炫耀她的玉肤冰肌。"真有霄壤之别啊!"奥克塔夫与其说是在想,还不如说是在感觉,"德·克莱小姐令人喝彩之处,我的表妹若是瞧见了,会感到多大的屈辱啊!这一位卖弄风情,仿佛就是可以的,甚

---

①莫里哀戏剧《恨世者》的主人公。

至不算是缺点。此处倒用得着这句老话：贵族自有贵族样。"想到这里，奥克塔夫就开始向德·克莱小姐献殷勤。除非是有兴趣猜测的人，或者是听惯了他讲话爽快的人，才能从他的所谓欢快的情绪里，看出全部辛酸与鄙视的神情。大家都挺凑趣，觉得他说的话非常俏皮。然而，奥克塔夫自己却明白，他的那些博得满堂彩的话语，其实平淡无奇，有时甚至还相当粗俗。这天晚上，他一次也没有在德·博尼维夫人的身边停留，德·博尼维夫人有些不快，她走过奥克塔夫身边的时候，低声地责怪了他几句，奥克塔夫为自己的逃避辩解了几句，侯爵夫人觉得很中听。她的这个未来的新信徒很有智慧，在社交场上应付裕如，她看着非常满意。

德·博尼维夫人以天真无邪的态度，夸奖了奥克塔夫。如果言语有知，"天真"一词用在这样一个女人身上，它不感到羞愧的话，我就使用这个词。这个女人坐在软椅上的姿态那么优美，眼睛凝视空中的神情又是那么动人。应当承认，她凝视着客厅天棚上的金线脚，有时达到了这种意境："在这个空间，在这半空中，有一个神灵在听我讲话，在吸引我的灵魂，向我的灵魂灌输特殊的、我万万预料不到的情感，使我表达出来的思想说服力极强。"这天晚上，德·博尼维夫人对奥克塔夫格外满意，认为她的信徒有朝一日会成为一个大人物，因此她对德·克莱夫人说："的确，年轻子爵当初缺乏的，正是随着财产而来的自信心。这项英明的赔偿法案，对我们那些可怜的流亡者是多么公正啊！即使不为这一点,就凭它给我外甥带来新的灵魂这一条,我也非拥护它不可。"当克尔夫人瞧着德·克莱夫人与德·拉龙兹伯爵夫人,这时,一位年轻的公爵夫人走进来,德·博尼维夫人迎了上去。当克尔夫人等她一走开,便对德·克莱夫人说:"我认为这一切都非常清楚。"

"太清楚了,"德·克莱夫人答道,"简直要出丑了。那个才貌'惊人'的奥克塔夫如果再殷勤一点儿,我们亲爱的侯爵夫人就会抑制不住,把她的知心话儿全倾吐给我们了。"

"历来如此,"当克尔夫人又说,"那些贞淑的女人我领教过,她们想宣传宗教,最后都落得身败名裂。哼!美丽的侯爵夫人,听本堂神父讲道时倒是一本正经,可是过后又把圣饼还回去!"

"这当然比让图夫南制作《圣经》合订本强多了。"德·克莱接上说。

然而,所谓奥克塔夫的殷勤,却转瞬间消失了。他看见梅丽从阿尔芒丝的房间出来,脸上失去了常态,她母亲已吩咐备车回府,她匆匆离去。奥克塔夫也没能上前问问,于是他也当即离开客厅,因为从这时候起,他无论对谁,一句话也不想说了。他看到梅丽伤心的样子,料想发生了什么意外,德·佐伊洛夫小姐为了逃避他,也许要离开巴黎吧。令人赞叹的是,我们这位哲人竟然丝毫没有觉察出,他对阿尔芒丝有了爱情。他曾经立下最狠的誓言,反对爱情。他不善于洞察内心,而不是缺乏个性,因而他很可能会盲目地恪守誓言。

# 八

> 我怎么能这样干？今后住在哪里？
> 如何生活？我丈夫认为我已死去，
> 　我活在世上还有什么乐趣？
>
> 　　　　　　　《辛白林》①

奥克塔夫会爱上她，阿尔芒丝绝不会产生这种幻想。很久以来，同奥克塔夫见见面，就成了她生活中的唯一乐趣。然而，一个出人意料的事件，改变了她的年轻表兄的社会地位，这在她的心中引起多少痛苦的斗争啊！她臆想出了多少理由，来为奥克塔夫行为的突然变化辩解啊！她反反复复地自问："他有一个庸俗的灵魂吗？"

等她终于确信，奥克塔夫生来对幸福另有憧憬，而不

---

① 原文为英文，引自莎士比亚戏剧《辛白林》的第三幕。

是以追求金钱与虚荣为乐,新的忧虑又出现了,占据了她的全部心思。她暗自思忖:在德·博尼维夫人的沙龙里,我是最穷苦的姑娘;别人要是觉察出我对他的感情,就会更瞧不起我了。这种四处威胁她的深重的不幸,本来应该医好她的痴情,却把她推进了极度的忧郁之中,使她更加盲目地追求她在人世间的唯一乐趣,终日思念奥克塔夫。

每天有好几个小时,阿尔芒丝都能见到奥克塔夫,逐日发生的琐事,改变了她对表兄的想法。她怎么可能医好心病呢?她处处留意,始终不同奥克塔夫谈心,这是因为害怕泄露了真情,而不是因为鄙视他。

他俩在花园里解释的第二天,奥克塔夫两次来到博尼维府,可是阿尔芒丝都没有露面。奥克塔夫下了狠心,采取了这一步骤,结果不知道吉凶如何,心里不胜焦虑,表妹偏偏又莫名其妙地躲起来,更令他大感不解。晚间,表妹依然没露面,他看出来这是表妹决定对他采取的态度。因此,他再也没有勇气说些空话来消闲解闷了,同谁讲话的心绪都没有了。

每当客厅的门打开,他的心就跳得仿佛要蹦出来。最后,钟敲半夜一点,该起身告辞了。从博尼维府里走出来,前厅、门面、门楣的黑色大理石、花园古老的围墙,它们本来都是很普通的物体,却有一种异样的神情,好像处处都映现了阿尔芒丝的愤怒。这些平淡无奇的形体,勾起他的怅惘心情,使他倍感亲切。我可以冒昧地这样讲吗?在他的心目中,这些形体很快蒙上了一层温柔典雅的色彩。第二天他发现,府中花园里爬满盛开的黄桂竹香的老院墙,同博尼维府的围墙十分相似,心里不禁一阵颤抖。

就在奥克塔夫鼓起勇气,同他表妹谈话之后的第三天,他来到博尼维府,深信他在表妹的心目中,永远降到了一般相识的地位。他走进客厅,突然看见阿尔芒丝在弹钢琴,他的心情有多么慌乱啊!阿尔芒丝友好地同他打招呼。奥克塔夫发现,她脸色苍白,变化很大。然而,他在阿尔芒丝的眼中,似乎看出某种幸福的神情,这令他大为惊奇,也使他燃起了一线希望。

一个明媚的春天早晨,天朗气清,德·博尼维夫人打算到远处去散散步。

"您也同我们一道去吗,外甥?"她问奥克塔夫。

"好吧,夫人,只要不是去布洛涅森林,或者穆索森林就行。"奥克塔夫知道,阿尔芒丝不喜欢那些游览的地方。

"到王宫花园去,从林荫大路走,您说好吗?"

"我有一年多没去那儿了。"

"我还没见过那里的小象呢。"阿尔芒丝说着,高兴得跳起来,赶紧去拿帽子。

大家兴冲冲地出发了。一路上,奥克塔夫喜气洋洋。德·博尼维夫人同英俊的奥克塔夫,同乘一辆轻便马车,从托尔托尼前面经过,看到他俩的上流社会的人都纷纷这样讲。至于那些身体不好的人,他们看到德·博尼维夫人一行,不免忧伤地想到,这些贵妇人举止轻浮,又恢复了路易十五①当朝时的作风。那些可怜的人还说:"在我们贵族举步艰难之际,把淳朴风气和文雅举止的美名,拱手让给第三等级和工业家,真是大大的失策。耶稣会教徒从清心寡欲做起,真有道理。"

阿尔芒丝提到,书店老板刚送来三卷书,书名叫《×××历史》。侯爵夫人对奥克塔夫说:"依您看,这部书我要不要看?报纸不择手段,把它捧得神乎其神,反而令我不大相信。"

"然而,您只要翻翻,就会觉得很好。作者擅长叙事,还没有卖身投靠任何党派。"

"真有意思吗?"阿尔芒丝问道。

"像瘟疫一样令人讨厌。"奥克塔夫答道。

话题转到历史的可靠性,继而又转到墓碑。

"记得有一天,您对我讲过,"德·博尼维夫人又说,"只有碑文才谈得上确凿无疑,对不对呢?"

"对罗马人与希腊人的历史来说,确实如此,有钱的人都树碑立传。然而,记载中世纪史实的数千份的手稿,却还一直放在图书馆里,如果说我们没有利用,那也只怪我们那些所谓的学者懒惰。"

"可是,那些手稿的拉丁文很不规范哪。"德·博尼维夫人接着说。

---

① 法国国王,一七一五至一七七四年在位。

"在我们的学者看来,也许不容易辨认,其实也不见得多么不规范。爱洛伊丝①给阿贝拉尔的信件,您如果读一读,一定会很感兴趣。"

"听说他们的墓归法兰西博物院管理,"阿尔芒丝说,"安葬在什么地方呢?"

"安葬在拉雪兹神父公墓②了。"

"去看看吧。"德·博尼维夫人说。

几分钟之后,他们到了那座英国式的公园,从位置上讲,它是巴黎唯一真正漂亮的公园。他们参观了阿贝拉尔墓碑、马塞纳③的尖形纪念碑,还去寻找拉贝杜埃尔④的坟墓。奥克塔夫看到年轻姑娘B安息的地方,还为她洒了几滴眼泪。

谈话是认真严肃的,但也相当有趣动人,可以大胆表露自己的感情,用不着遮遮掩掩。说实在的,他们所谈的话题,不会引起什么嫌疑。不过,他们的那种天真语气,却有极大的魅力,这一点他们都强烈地感受到了。他们向前走的时候,只见迎面过来一群游客,他们簇拥着绝顶聪明的G伯爵夫人。伯爵夫人告诉德·博尼维夫人,她到这地方来,是为了寻求灵感。

---

①爱洛伊丝(1101—1164),教堂议事司铎福尔贝的侄女,曾秘密嫁给阿贝拉尔,后来同他分手,进了修道院,成为修道院院长。
②巴黎最著名的公墓,法国许多名人都安葬在那里,里边有著名的巴黎公社墙。
③马塞纳(1758—1817),法国元帅,屡建战功,拿破仑称他为"胜利的骄子"。
④法国将军,因迎接拿破仑重返法国,于一八一五年被处决。

我们的朋友听了"灵感"这个词，都几乎要笑起来。他们觉得，平庸做作的神态，从来没有像这样令人作呕。G伯爵夫人同法国的所有庸人一样，专靠夸张她的感受来达到说话的效果。别人谈话，有她一插进来就给搅了，人家见她在场，便不再畅畅快快地表达感情，这倒不是由于虚伪，而是出于一种本能的廉耻心。这是那些无论有多高的才智的庸人所缺少的。

大家寒暄了几句之后，各自继续游赏。由于路径狭窄，奥克塔夫与阿尔芒丝稍稍落在后边。

"前天，您的身体不舒服吧，"奥克塔夫说，"您的朋友梅丽从您的房间出来，看上去脸色苍白，我当时甚至担心您病得很厉害。"

"我根本没有病，"阿尔芒丝说，口吻显然相当轻快，"按照G伯爵夫人的说法，您同我是老朋友，非常关心我的情况，因此，我应当把心中的烦恼告诉您。最近，正酝酿我的婚事，前天，事情几乎到了完全破裂的地步，所以我那天在花园的时候，有点心慌意乱。不过，我请您绝对保守秘密。"阿尔芒丝见德·博尼维夫人走过来，急忙这样说，"我相信您会永远保守秘密的，就是对您母亲也不要讲，更不能告诉我姨妈。"

听她吐露了这件心事，奥克塔夫深为诧异，他见德·博尼维夫人又走开了，便问阿尔芒丝："我可不可以问您一个问题，这只是一桩门当户对的婚姻吗？"

阿尔芒丝因为出来走动,呼吸了新鲜空气,脸色非常好,这时却陡然变白了。昨天夜里,她制订这个大胆的计划时,没有估计到这个如此简单的问题。奥克塔夫发现自己问得鲁莽,就想开句玩笑,把话岔开。阿尔芒丝却竭力克制住痛苦的心情,说道:"我希望别人给我介绍的那个人,能够得到您的友谊;我对他的友好情谊是毫无保留的。但是,您要是愿意的话,就别谈这个了,距婚礼的时间也许还相当遥远。"过了一会儿,他们重新登上马车;奥克塔夫再也找不出什么话好讲了,他在习武厅剧场下了车。

# 九

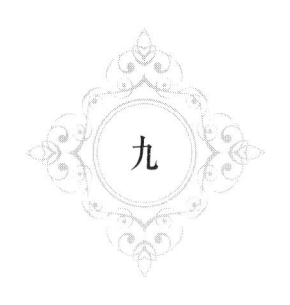

> 但愿宁静住到你的心底,
>
> 可怜的屋宇,自己守护自己。
>
> 《辛白林》①

出去游玩的前一天,可把阿尔芒丝折腾苦了:只有联想到一个丧失信心的不幸的人,准备动一次可能造成死亡的手术,才能体会出一点她的痛苦心情。直到晚上,她才有了一个主意:"我同奥克塔夫的关系相当密切,为何不对他讲,我家的一个老朋友打算娶我。假如我的眼泪泄露了我的隐情,把这件秘密告诉他,总可以重新得到他的敬重。我就谎称未来的婚事令我焦虑,而我们在花园的谈话又多少直接触动了我的心境,因而我流了眼泪。唉!他对我要是真有点情意,

---

①原文为法文,引自莎士比亚的戏剧《辛白林》。

一听这话也就会打消了念头。这样一来,我至少还可以做他的朋友,不必进修道院去。与世永隔,一生再也见不到他,一次也见不到了。"

后来几天,阿尔芒丝看出来奥克塔夫在极力猜测谁是她的意中人。"必须让他知道是哪个人,"阿尔芒丝叹息道,"这样做我是很痛苦的,可是我的本分要我走这一步。只有付出这样的代价,我才有脸再同他见面。"

阿尔芒丝想到德·黎塞男爵,他曾一度充当旺代党①人的头目,是个英雄人物;他是德·博尼维夫人沙龙的常客,但来了总是沉默不语。

从第二天起,阿尔芒丝就同男爵谈起话来,提起德·拉罗什雅克兰夫人的回忆录,因为她知道男爵妒忌这部书。男爵谈了许久,对这部回忆录大加贬斥。"莫非德·佐伊洛夫小姐爱上了男爵的一个侄儿,"奥克塔夫心中暗想,"还是她钦慕老将军的英雄事迹,就不考虑他五十五岁的年纪呢?"奥克塔夫想要试探一下,可是,男爵本来就少言寡语,现在看见别人没来由地向他献殷勤,就疑神疑鬼,把嘴闭得更严了。

一位有几个女儿待嫁的母亲,不知道向奥克塔夫说了些什么过分露骨的恭维话,又把他愤世嫉俗的情绪激起来了。

---

①一七八九年,法国爆发资产阶级革命,革命政权没收僧侣贵族的财产,取消其特权。许多贵族逃至法国西部的旺代地区,以被处死的国王路易十六的弟弟普罗旺斯伯爵为首,组成反对共和、复辟王朝的反动势力,称为旺代党,于一七九三年三月发动叛乱,两年后失败。

他听到表妹称赞那些小姐，便断然地说，她们即使有巧舌如簧的保护人，也无济于事，谢天谢地，他不到二十六岁，绝不倾心于任何一个女子。这句出乎预料的话，像一声霹雳，把阿尔芒丝惊呆了，令她感到前所未有的幸福。奥克塔夫自从有了那笔财产，在她面前可能已经提过不下十次，他想等什么时候才结婚。她听到表兄的这句话，惊喜之余，发觉自己竟忘记了表兄从前讲过这种话。

这一幸福的时刻实在甜美。阿尔芒丝为了尽自己的本分，准备做出巨大的牺牲，昨天还沉浸在极端痛苦之中，竟把这种宽慰心怀的美妙缘由忘得一干二净。正是看到她这样游离忘事，社交场上的人才指责她缺乏智慧，而他们的心理活动则不同，有充足的闲暇留意所有的现象。奥克塔夫刚刚二十岁，阿尔芒丝可以期望，在六年时间里仍然做他最好的朋友，而且"问心无愧"。她心中暗想："谁晓得呢，我也许会有造化，活不到六年就死了呢？"

奥克塔夫开始有了一套新作风，他见阿尔芒丝对他信赖无疑，也就敢于将自己生活中的琐事和盘托出，事事向他表妹商议。几乎每天晚上，他都有惬意的时刻，能够同表妹促膝谈心，一点也不给周围的人听到。他谈的私事，无论怎样琐碎，阿尔芒丝从无厌烦的表示，他见此情形，心中有说不出的高兴。阿尔芒丝为了鼓励他，消除他的疑虑，也向他谈出自己的烦恼。这样一来，二人之间就形成了一种非常独特的亲密关系。

天下最美满的爱情，也有起风波的时候，甚至可以说，幸福与忧烦，在爱情中恐怕各居一半。然而，阿尔芒丝同奥克塔夫的友情，却从来没有风雨的侵袭、不安的骚扰。奥克塔夫认为，他对表妹没有任何权利，因而不能发什么怨言。

这一对心灵高尚的人，非但没有夸张他们的关系有多么正式，相互间甚至连一句话也没有谈及。自从阿尔芒丝在阿贝拉尔墓旁说到她的婚事，他们之间连友谊这个字眼都没有再提起过。他们虽然天天见面，却很少有单独讲话的时机，即便有也非常短促，而他们俩总是有很多事情要相互诉说，有很多情况要迅速交流，因此也就顾不上咬文嚼字了。

须知，奥克塔夫要找到抱怨的理由也难。一个女子最炽热、最温柔、最纯洁的爱情，在心中所能产生的一切情感，阿尔芒丝为了他全感受到了。她这种爱情的整个前景，就是对死亡的期待，这甚至给她的言语平添了一层圣洁的、安命的色彩，同奥克塔夫的性格完全契合。

奥克塔夫深深感到，有了阿尔芒丝温存的友谊，他心中便充满恬静完美的幸福，因此希望改变自己的性格。

自从奥克塔夫同表妹和好之后，他就再也没有过悲观绝望的时刻，而当初，他被冲进波旁街的一辆马车撞倒，还遗憾没有被车轧死呢。他对母亲说："从前，我发起病来，叫你替我的理智担心，现在我开始相信不会再犯了。"

奥克塔夫越是幸福，头脑就越清楚。他惊奇地看到，社会上有很多事情，从前虽然司空见惯，却从来没有给他留下强烈的印象。他觉得人世并不那么可恨,也不那么专门危害他了。他觉得世上除了虔诚的,或者丑陋的女人之外,每个人都比他从前自以为发现的要更多地考虑自己,较少考虑危害别人。

他认识到无论是谁,要是每时每刻都轻率地行事,就绝不会有坚持到底的精神。他原先有一个骄傲而荒唐的想法,认为这个世界是安排好了来同他作对的,现在终于发现,仅仅是安排得不合理而已。他对阿尔芒丝说:"不过,人世如此,不可能讨价还价:要么喝几滴氢氰酸,登时毙命,万事皆空;要么乐天知命,高高兴兴地活在世上。"奥克塔夫这样讲,与其说是表达一种信念,不如说是企图说服他自己。他的心灵被阿尔芒丝给予的幸福迷住了。

他的这些知心话,有时对这位姑娘是危险的。当他的感喟带上忧郁的情调,当他瞻念将来,为孑然一身而感到痛苦的时候,阿尔芒丝真是忍了又忍,险些吐露真情,承认她一生当中,即使想象同奥克塔夫分离片刻,也是非常痛苦的。

"一个人到了我这样的年龄,如果没有朋友,"一天晚上,奥克塔夫对阿尔芒丝说,"还能有希望交上吗?爱情是有企图的吗?"阿尔芒丝感到眼泪要夺眶而出了,不得不突然离开,借口说了一句:"看样子,姨妈有话要对我说。"

奥克塔夫独自靠在窗口,继续黯然神伤。"何必对尘世不满呢?"他终于这样想,"一个年轻人,把自己紧紧关在圣多米尼克街的三层楼上,对尘世恨恨不已,然而世态炎凉,谁屑于理睬呢！唉！如果我离开人间，恐怕只有一个人会发现，而且，她那颗友谊的心会感到悲痛。"想到此处，他抬头远远望去，看见表妹坐在侯爵夫人身边的小椅子上，此刻在他眼里显得美极了。奥克塔夫觉得，如此牢固、如此可靠的全部幸福，仅仅维系于他刚说出来的这个小小的词儿：友谊。世纪病人人难免：奥克塔夫自认为是个思想深刻的哲人。

阿尔芒丝突然回到他身边，神情激动，面有愠色。

"刚才，有人向我姨妈讲了一件怪事，诽谤您，"她对奥克塔夫说，"那人一向严肃，直到现在为止，他从来没有同您作过对。他走过去对我姨妈说，您半夜从这里出去，常常到不三不四的沙龙混过下半夜：那种去处不是别的，只能是赌场。

"这还不算，他说那些地方乌烟瘴气，而您恣意放纵，显得很突出，连老主顾都感到惊奇。您不仅混在肮脏的女人堆里，而且还油嘴滑舌，充当那种谈话的中心人物。那人甚至还说，您在那种地方大显身手，玩笑开得非常低级，叫人难以置信。在那些沙龙里，对您感兴趣的当然不乏其人，他们开口就挖苦说，您讲的笑话，是'拾人牙慧'。他们之间议论说，德·马利维尔子爵年轻，他在庸人的聚会上，大概听人讲过那些笑话，那是用来吸引庸人的注意，好使他们的眼睛发出喜悦的光芒的。不过，您的朋友都很难过，他们注意到您竟然绞尽脑汁，当场编出不堪入耳的话。总而言之，据说您的行为成了极大的丑闻，使您在巴黎的纨绔子弟中得到了可耻的名声。"

阿尔芒丝见奥克塔夫始终一言不发，有些困惑不解，于是接着说："诽谤您的那个人，最后还谈了一些细节，我姨妈只是因为太吃惊了，才没有逐一驳斥。"

奥克塔夫发现在这一大段叙述中，阿尔芒丝的声音直颤抖，他心里便感到非常甜美。

"那人对你们讲的全是真的，"他对阿尔芒丝说，"但是，这种事以后绝不会再发生了。别人不应该看到您的朋友去的地方，我不会重新在那里露面。"

阿尔芒丝又惊奇、又悲伤，简直无以名状。有一阵子，她心中的感觉近似鄙夷。然而，她第二天又同奥克塔夫见面的时候，在一个男子的行为怎样才算得体的问题上，她的看法发生了很大变化。一来表兄供认不讳，二来他向自己发下了这个简单明确的誓言；尤其是这第二点，使她发现她进一步爱表兄的理由。阿尔芒丝也发下誓愿，如果奥克塔夫再去与他身份极不相称的地方，她就离开巴黎，永远不再同他见面。阿尔芒丝觉得，她发下这样的誓愿，对自己就算相当严厉了。

# 十

知识啊！无怪乎虔诚的教士称你为最大的祸患；因为，他感到心神不安，他虽然还没有怀疑，可是他越来越觉察到他接近怀疑了。知识啊！对那些行而信的人来说，你的诱惑力是无法抵御的。

捷尔迪尔主教①

能说奥克塔夫信守诺言吗？他倒是放弃了阿尔芒丝禁止的娱乐。

前些时候，他需要行动，渴望观察新事物，在这种思想支配下，便去同声名狼藉的人打打交道，而他们还没有正派人那么惹人厌恶。奥克塔夫一旦有了幸福之感，就受一种本能的驱使，要混迹在人群当中！他想要控制他们。

---

①捷尔迪尔主教(1718—1802)，意大利神学家。这段引言原文为意大利文。

奥克塔夫有生以来第一次发觉,待人接物过于讲究冷冰冰的虚文浮礼,这种人与人之间的关系实在枯燥乏味;反之,不拘礼仪,谈论自己就可以无所顾忌,就不会感到那么孤独。黎塞留街尽头的那些出色的沙龙,在外国人的眼里却是有教养的人的地方,在那里喝潘趣酒,就没有这种感觉:我在这里,如同在一片人的荒漠之中。相反,你会觉得周围有许多的亲密朋友,尽管不知道他们的姓名。我们能冒着既损害我们的名誉,也损害我们主人公的名誉的危险,如实地讲出来吗?其实,奥克塔夫挺想念那里夜餐上的伙伴。

奥克塔夫开始觉得,在同博尼维府的人建立起密切的关系之前,他度过的那段生活是荒唐的、受愚弄的。"就说下雨吧,"他以独特而敏锐的思考方法想道,"我不是打雨伞,而是对天气大为恼火。我当时热烈地向往美好与正义,想象着老天下雨是故意捉弄我,其实,那不过是精神病发作罢了。"

他观察到什么事情,都可以讲给阿尔芒丝听,因而他非常欣赏,在一些非常豪华的舞会上,简直像菲力贝尔①再世。他对阿尔芒丝说:"我发现一点意外情况。从前,我多么喜欢这些杰出的上流社会人物,现在却看不惯了。我觉得,他们在巧妙的言语背后,是要排除一切活力、一切个性。谁

---

① 菲力贝尔一世(1465—1482),萨瓦公爵。菲力贝尔二世(1480—1504),萨瓦公爵。埃马努埃尔·菲力贝尔(1528—1580),萨瓦公爵,一五五三至一五八〇年在位。本文似指后者。

若是不肯'亦步亦趋',他们就指责谁举止不雅。而且,他们现在言不由衷。从前,他们掌握了判断善恶的特权,但是,他们自从认为受到了攻击,就不再是无条件地谴责粗鲁与讨厌的行为,而是谴责他们认为损害他们利益的行为。"

阿尔芒丝态度冷淡地听着,最后对表兄说:

"您今天的想法,同雅各宾党人只有一步之差了。"

"那我可太遗憾了。"奥克塔夫又急忙说。

"对什么感到遗憾呢?是了解真相吗?"阿尔芒丝说。"因为,您不会不加考虑,就改信一种充满虚伪的学说。"

在晚会的后半段时间,奥克塔夫情不自禁地显出一副若有所思的神情。

奥克塔夫认清一点上流社会的真实面貌后,就对德·博尼维夫人有了怀疑,她看似胸怀崇高的抱负,从来不考虑世事,不把名利放在眼里,实际上却可能出于一种极大的野心。

侯爵夫人的对头中伤她的话,有些传到奥克塔夫的耳中,几个月之前他还觉得可恶至极,现在却认为那不过是无耻的或者低级趣味的夸张而已。他心中暗道:"我这位漂亮的表姨,出身高贵,家资巨万,可是丝毫也不满足。品行端庄,思想审慎,乐善好施,这些保证了她的华贵的生活,然而对她来说,这些也许是手段,而不是目的。

"德·博尼维夫人需要权力。但是,在权力的类别上,她却十分考究。上流社会中的崇高地位,朝廷里的名望,一个王朝所能给予的全部利益,一个人因为享有这一切而受到的尊敬，对她来说已毫无意义，她早就感到厌腻了。一个人当了国王，还缺什么呢？——想要成为上帝。

"别人对她表示敬意，都是出于利害原因，她对这种敬意所给予的乐趣已经餍足了，她需要的是发自内心的敬意。她渴望有穆罕默德对赛义德①讲话时的那种感觉，我的光荣角色同赛义德相差无几。

"我这位漂亮的表亲缺乏这种感觉，便觉得生活不充实。她渴望的不是感人的或崇高的幻想，也不是一个男子的忠诚爱情，而是要当一个先知，拥有一群信徒，特别是要有一种权威，假如哪个信徒要背叛，她能立刻使之就范。从性格上讲，她非常务实，绝不会满足于幻想，她需要看到这种权威变成现实。因此，我要是在许多事情上继续坦率地向她说出心里话，有朝一日，这种绝对的权威就会损害到我的头上。

"她很快就要吃匿名信的苦头；有人会指责她让我来得太勤。我很久不去当克尔公爵夫人的沙龙，公爵夫人肯定有气，也许要指名道姓地攻击。我所受的宠信，抵挡不住这两种危险。过了不多久，德·博尼维夫人就会迫使我不敢轻易登她的府门，一面她还尽量维持表面上的热情友好态度，责备我去的次数太少。

"譬如说，她看我的样子已经改造了一半，开始信奉德

---

①伊斯兰教徒对穆罕默德后裔的尊称，也作狂热的信徒解。

国神秘主义学说了,就会要求我公开做点什么事情,让我闹出大笑话。假如我出于对阿尔芒丝的友谊依从了她,她不久又会让我干完全办不到的事情。"

## 十一

> 像空气一样轻。
> 她的眼睛、面颊、嘴唇无不传情,
> 就连她的脚也在讲话,她的周身每个关节,
> 每个动作都有轻浮之风。
> 哼!这些巧舌之妇实在厚颜无耻,
> 专会卖弄风流,忸怩作态把人勾引。
> 
> 《特洛伊罗斯与克瑞西达》[①]

每年晋见国王三次的那些显贵,几乎都热情接待奥克塔夫,他们的沙龙是令人愉快的场所。德·欧马尔夫人的名气引起他们的注意。她是当时最风流艳丽的女子,也许是最有才智的女子。一位心绪不佳的外国人曾说,法国的贵妇都

---

①原文为英文,引自莎士比亚戏剧《特洛伊罗斯与克瑞西达》的第四幕第五场。

有年迈的大使那样的才智。然而,这位德·欧马尔夫人的举止,却显得稚气十足。她总是能够随机应变,对答得巧妙、天真,行事快乐得无拘无束,令她的对手们望尘莫及。她任情使性,出人意料,也令人赞叹。随心所欲的行为,别人怎么能模仿得了呢?

自然与出人意料,都不是奥克塔夫举止的出众之处。他这个人是一团谜。他从来不冒冒失失,只有同阿尔芒丝说话时有过几次例外,但那也是在他确信不被突然打断的情况下。别人无法指责他虚伪;他不屑于说假话,不过,他从来不径直走向他的目标。

奥克塔夫雇了一个男仆,那人在德·欧马尔夫人府上干过事,从前还当过兵,很有心计,十分精明。奥克塔夫到巴黎周围的树林去游玩,要走七八里①路,就让这个仆人骑马随从。途中自然有寂寞的时候,他便同仆人闲聊。不出几个星期,他就知道了有关德·欧马尔夫人品行的最确切的情况。这个少妇确实值得敬佩,但是,她做了一件极为轻率的事情,名誉受到了很大损害,丧失了一些人的敬重。

奥克塔夫估计了一下,他需要多少时间,花费多大工夫,才能打进德·欧马尔夫人的社交圈子里。他希望不费多少周折,就能很快让人认为他爱上了这位出色的夫人。在奥克塔夫的精心安排下,德·博尼维夫人在昂迪依古堡举行的招待

---

①指法国古里,每里约合四公里。

会上,亲自把他介绍给德·欧马尔夫人。对于年轻的伯爵夫人的轻率性格来说,奥克塔夫的举止显得特别风趣动人。

大家趁着夜色,在环绕昂迪依丘峦的风景秀丽的树林中散步,奥克塔夫为了逗趣,化装成魔法师,猛然出现,给巧妙地隐在几棵老树干后面的烟火一照,煞是好看。这天晚上,奥克塔夫确实非常俊美。德·博尼维夫人在谈话中,不知不觉地热烈赞扬了他。第一次会面过后不到一个月,有人就开始传言,说德·马利维尔子爵接替了德·R先生,以及其他许多位先生,当上了德·欧马尔夫人的密友。

这个女人轻浮极了,无论她自己还是任何别人,从来预料不到她一刻钟之后会干什么。她注意到客厅的时钟一敲午夜十二点,大部分讨厌的、非常规矩的人便各自散去,于是,她就在午夜到两点钟之间招待客人。奥克塔夫总是最后一个离开德·博尼维夫人的客厅,他一出门,就快马加鞭,好早点赶到欧马尔府。德·欧马尔夫人住在当丹街。奥克塔夫在那里见的女人可非同一般,她之所以感谢上苍让她生在富贵人家,仅仅是因为她得以享受特权,每天能够按照她一时的兴致,做这做那。

在乡间,到了午夜,大家离开客厅时,德·欧马尔夫人穿过前厅,要是发现天气温和,月色皎洁,便搂住当晚她觉得最有趣的年轻人的胳膊,到树林中去闲逛。如果有哪个不识趣的家伙想跟在后边,她就老实不客气地请人家往另一边走。然而,到了第二天,只要她感到有一点儿不对劲,就不再跟夜里陪同她散步的那个年轻人讲话了。应当承认，陪伴头脑如此灵活的人，侍候脾气这样恶劣的人，谁也难免不显得有些乏味。

正是这一点使奥克塔夫得到成功；那些遇事总是循规蹈矩、先考虑效法的榜样的人，一点儿看不出他性格上有趣的一面。反之，对于这种性格，谁也比不上巴黎最漂亮的女人识货，因为，她始终在追求某种新奇的思想，好借此度过一个有趣的夜晚。奥克塔夫伴随德·欧马尔夫人到各处去，到歌剧院就是一例。

《帕斯塔夫人》一剧，在巴黎风靡一时，场场满座。在最后两三场演出中，奥克塔夫同年轻的伯爵夫人讲话，声音故意提得很高，搅得观众都无法看戏。德·欧马尔夫人觉得他的话非常风趣，也被他那种放肆的天真态度迷住了。

奥克塔夫却认为干这种勾当低级透了，不过，他也没有白费气力，从这些蠢事中捞到了好处。奥克塔夫在干一件可笑的事情时，并不是一味地鲁莽，也不是以鲁莽取代明智的活动，而是身不由己地加倍留心，这使他的眼睛炯炯有神，德·欧马尔夫人看见他这副神情特别感兴趣。奥克塔夫让人到处传说他狂热地爱上了伯爵夫人，可是同这位可爱的少妇在一起的时候，哪怕与爱情沾一点边的话，他也从来没有讲过。他觉得这种暧昧的局面倒蛮有意思。

德·马利维尔夫人得知儿子如此行事，深为诧异，有几次便到儿子随同德·欧马尔夫人去的沙龙。一天晚上，她去博尼维府，临走时求德·博尼维夫人答应，让阿尔芒丝次日陪她一天。

"我有许多材料要整理，最好阿尔芒丝去帮帮忙。"

按照商量好的，第二天午饭前，刚到十一点钟，德·马利维尔夫人就乘马车来接阿尔芒丝。她俩单独用午餐，等贴身女仆离开时，德·马利维尔夫人对女仆说：

"记住，我不见人，即使奥克塔夫、德·马利维尔先生来，也给我挡驾。"

德·马利维尔夫人极其小心，甚至还亲手将前厅的门插上。她在软椅上坐好，看到阿尔芒丝在她对面的小椅子上落了座，便开口说："我的孩子，我要告诉您一件事，这件事我早就决定了：我渴望你嫁给我的儿子。你只有一百路易的年金，对于这门婚事，我的对头们只能攻击这一点。"德·马利维尔夫人说着，便投入阿尔芒丝的怀抱。对这位可怜的姑娘来说，这是一生中最美好的时刻，甜蜜的眼泪簌簌地流下来。

## 十二

> 美丽的伊奈丝,你从前安宁生活,
> 采撷了岁月的甜蜜之果,
> 但愿命运不会让你的灵魂,
> 长久地受平静而盲目的感情迷惑。
>
> 《吕西亚德》①

过了半晌,等冷静下来一点,能够讲话了,阿尔芒丝说:"但是,亲爱的妈妈,奥克塔夫可从来没有对我讲过,他对我的感情,就像一个丈夫依恋他妻子的那样。"

---

① 原文为葡萄牙文,引自《吕西亚德》,作者为葡萄牙诗人路易·德·加莫安斯(1524?—1580)。《吕西亚德》是一部史诗,共有十章,叙述瓦斯科·德·戈马发现印度之路的故事。史诗也叙述了葡萄牙的历史。这四行诗引自第三章,是讲伊奈丝·德·卡斯特罗王后之死的故事。伊奈丝与彼德罗王子秘密结婚,费朗特国王嫌她出身寒微,逼王子娶一位公主,害死伊奈丝。但国王也于当天死去,彼德罗继承王位,给被害死的伊奈丝加了冕。"平静而盲目的感情",指爱情。

"要不要我站起来,带你去照照镜子,"德·马利维尔夫人答道,"请你自己瞧瞧,你眼睛里现在闪烁着的幸福光芒,我再请你重说一遍,你还信不过奥克塔夫的心。我是他母亲,对这一点是有把握的。当然,对我儿子可能有的缺点,我绝不会低估,因此,我要求你一星期之后再作答复。"

不知道是她体内流着撒尔马特人①的血,还是她早年遭受不幸的缘故,阿尔芒丝一眼就看出来,生活的这种急遽变化蕴涵着什么后果。事物的这种新安排,不管是决定她自己的命运,还是决定一个不相干的人的命运,她都能同样清楚地看到结局。这种性格的力量,或者说思想的力量,使她既赢得德·博尼维夫人每天的体己话,又招来这位夫人的斥责。侯爵夫人最秘密的打算,都乐意同她商量,可是有的时候又对她说:"一个姑娘有这种心计,总归不是好事。"

阿尔芒丝最初的心情是幸福与深切的感激;这个时刻一过,她想到自己曾经假意对奥克塔夫吐露隐情,说自己要结婚,关于这桩所谓的婚事,她对德·马利维尔夫人一个字也不能提。最后她这样想道:"看来,德·马利维尔夫人没有征求过儿子的意见,再不然,就是奥克塔夫向她隐瞒了这件事,她不知道存在这种障碍。"这第二种可能性,在阿尔芒丝的心灵上投下了阴影。

她情愿相信奥克塔夫没有对她产生爱情。她每天都需

---

① 古代居住在地中海地区的民族群体,在战争中被消灭,与斯拉夫族同化。

要确定这一点,以便用她自己的眼睛来验证,奥克塔夫表示那么多的关切,是出于温存的友谊,并没有任何企图。然而,她表兄对爱情冷漠的这种可怕的证据,突然出现在她的眼前,又像一块巨石压在她的心上,使她一时丧失了说话的气力。

此刻,阿尔芒丝多么想不惜任何代价,得以痛痛快快地哭上一场啊!她思忖道:"如果我表姨发现我的眼中含着一滴泪,她什么决定性的结论没有理由得出来呢?她要急于促成这桩婚姻,谁知道她会不会把我流泪的事告诉她儿子,用以证明我回答了她所谓的深情呢?"晚半天,德·马利维尔夫人看见阿尔芒丝一副冥思苦想的神情,一点也不觉得奇怪。

她们俩又一道回博尼维府。阿尔芒丝一整天都没见到表兄,但是在客厅里见到他时,她仍然未能摆脱愁苦的情绪。表兄同她讲话,她也爱理不理的,其实,她是没有力量回答。奥克塔夫一眼看出来她有心事,也看出来她不爱理睬自己,于是忧郁地对她说:

"今天,您无暇想到我是您的朋友。"

阿尔芒丝没有回答,只是定睛注视着奥克塔夫,眼睛不知不觉又显出严肃深沉的神情,就因为这种神情,她姨妈才满口道德地教训过她。

奥克塔夫的这句话刺伤了她的心。如此看来,他并不知道母亲的行动,再不然就是毫无兴趣,只想做个朋友。等到客人各自散去,听完德·博尼维夫人向她透露的各种计划的进展情况,阿尔芒丝终于脱出身来,回到她的小房间,一头扎进最凄怆的痛苦中。她从来没有感到过这样不幸,生活也从来没有给她造成过这样巨大的痛苦。她的心情多么酸楚,真不该看那些小说,自己有时还想入非非地在书的意境中流连忘返!在那种忘情的幸福时刻,她敢于这样思忖:"假如我生来富有,奥克塔夫又选择我做他的生活伴侣,根据我对他的性格的了解,他在我的身边所能得到的幸福,会比在任何女人身边得到的要多。"

因为这些危险的假想,现在她要付出高昂的代价。此后几天,她的深沉的痛苦丝毫没有减轻。她只要沉浸在冥想中,就会对世上的一切产生极端的厌恶。她的不幸,正在于强烈地意识到自己的处境。她无论作何假想,也不能同意这桩婚姻:外界的障碍好像都消除了,可是,唯独奥克塔夫的心里根本没有她。

德·马利维尔夫人先是看到儿子对阿尔芒丝产生了感情,后来又发现他经常陪伴著名的德·欧马尔夫人,心里不免慌张起来。不过,只要看看儿子同德·欧马尔夫人在一起的情景,就能猜出他准是起了怪念头,把这种关系当成自己非尽不可的义务。德·马利维尔夫人心里非常清楚,她如果盘问儿子这件事,儿子一定会把实话告诉她。但是,她有意避而不谈,甚至连最间接的问话也没有。她觉得自己的权利不能达到那一步。女性的尊严该维护就要维护,从这一点着想,她在向儿子敞开思想之前,要先对阿尔芒丝谈谈这桩婚事,谈谈她确信奥克塔夫怀有的爱情。

德·马利维尔夫人把她的打算告诉了德·佐伊洛夫小姐之后,便经常到德·博尼维夫人的沙龙,一坐就是几个小时。她观察到在阿尔芒丝和她儿子之间,似乎发生了什么怪事;阿尔芒丝显然非常痛苦。德·马利维尔夫人心想:"奥克塔夫既然爱慕她,总跟她在一起,他怎么可能没有向她表白过爱情呢?"

德·佐伊洛夫小姐应该给予答复的日子到了。德·马利维尔夫人一早就派车前去,还捎了一张便条,请阿尔芒丝来陪她一个小时。阿尔芒丝来了,面容看上去像是久病初愈,她没有力气步行前来。等到房间里只剩下她同德·马利维尔夫人,她便开了口,语气非常温和,然而,在这温和的语气里,可以看出一种由绝望而产生的毅然决心。她对德·马利维尔夫人说道:"我的敬爱的姨妈由于特别喜欢我,才有了这种打算,但是,我表哥的性格有点儿古怪,从他的幸福考虑,也许还要从我的幸福考虑,"阿尔芒丝补了一句,脸唰地红到耳鬓,"您千万不要把这种打算告诉他。"德·马利维尔夫人接受了她的要求,但是装作非常勉强。她对阿尔芒丝说:"我恐怕死得要比自己预料的早。这样一来,世上唯一能减轻他性格带来的不幸的女人,他将来就不会得到了。"她后来又说:"你这样决定,肯定是金钱的缘故。奥克塔夫总是和你谈心,他不会糊涂到这种地步,连我深信的情感都没有向你承认,就是他全心全意地爱你,他这种感情表现得很明显,我的孩子。我给你的这个丈夫,有时候如果冲动起来——这种情况日益少见,使你感到他的性格不完全称心,可是在感情上,你一定会觉得美满如意。能享受到这样爱情的女人,现在是寥寥无几。在一个风云变幻莫测的时代,一个男子的坚定性格,多半是他全家的福分。

"我的阿尔芒丝,你本人也了解,外界的那些障碍,能把普通人压垮,对奥克塔夫却毫无作用。假如他的心灵是安宁的,就是天下的人联合起来反对他,也不会引起他片刻的沮丧。然而我敢肯定,他心灵的安宁,就取决于你对这桩婚事的允诺。你自己判断一下吧,我多么热切地求你答应啊!你的一句话,就能决定我儿子的幸福。四年来,我日夜想着怎样才能保证他的幸福,但是始终没有找到办法。现在终于有了,他爱上你了。你这样顾虑重重,只能使我感到痛苦。你不愿意招来责难,说你嫁给一个比你富得多的丈夫,而我却一心惦念奥克塔夫的前途,没有看到儿子同我一生最看重的女子结合,我死不瞑目啊。"

阿尔芒丝听了这些保证奥克塔夫爱情的话,如万箭钻心。德·马利维尔夫人注意到,在这位年轻亲戚的回答中,有一种恼怒的、自尊心受到伤害的基调。晚间,在德·博尼维夫人的沙龙里,德·马利维尔夫人观察到,即使奥克塔夫在场,阿尔芒丝也没有摆脱掉烦恼的情绪,唯恐自己在所爱的人面前不够矜持,又怕这样也许会丧失心上人的尊敬。阿尔芒丝心想:"一个穷苦的、无家可归的姑娘,难道可以这样没有自知之明吗?"

德·马利维尔夫人也非常不安,一连几夜辗转难眠,最后她得出一个古怪的结论,大概真如阿尔芒丝所说,奥克塔夫根本没有向她表白过爱情。从儿子的怪僻性格来看,这也是很可能的。

"奥克塔夫会胆怯到这种地步吗?"德·马利维尔夫人想,"他爱他表妹,世上唯有他表妹能防止他的忧郁病发作,他犯起病来,真叫我为他担心。"

她经过了周密的思考,终于打定主意。有一天,她以漫不经心的口气对阿尔芒丝说:"我不知道你对我儿子讲了些什么,让他好不气馁;他一方面承认对你有无限的深情、由衷的尊敬,认为能同你结成终身伴侣是他的最大福气,可是另一方面他又说,你设下了一道无法逾越的障碍,阻止他实现最宝贵的心愿。我们当然不能只顾他称心如意,让你遭受磨难啊。"

## 十三

啊!我的心怀早有警觉,
感到我渐渐被烈火烧灼,
它正以百般爱抚的动作,
钻进了我的脉管与骨骼。

*《阿劳干尼亚女人》*[①]

商谈一件如此严肃的大事,却穿插一段小小的谎言,对此,德·马利维尔夫人着实有点内疚,但是,看到阿尔芒丝眼里流露出那种无比幸福的神情,她也就宽慰了。她暗自思忖:"这一对孩子,既可爱,又有点傲气,他们俩相互之间的感情是世上罕见的。总而言之,尽快促成他俩的婚事,能

---

[①]原文为西班牙文。《阿劳干尼亚女人》是西班牙诗人阿隆索·德·埃尔西亚(1533—1594)所作的史诗,叙述西班牙人同智利印第安族的阿劳干尼亚人的斗争。

有什么害处呢?保证我儿子的精神正常,难道不是我的首要责任吗?"

德·马利维尔夫人所采取的办法,说来虽然有些古怪,却把阿尔芒丝从她有生以来最大的痛苦中解脱出来。前不久,她还盼望一死了事,现在听了假托奥克塔夫说过的这番话,一下子又幸福到了极点。她已经做出决定,永远不接受她表兄的求婚,但是,这番可心的话又燃起她的希望,她可以过上几年的幸福生活了。她心中暗想:"离他结婚还有六年的时间,我可以在心里偷偷地爱他,我这样也会同样幸福的,也许比我做他的伴侣还要幸福。不是常说结婚是爱情的坟墓吗?不是常说可能有愉快的婚姻,但绝没有美满的婚姻吗?嫁给我的表哥,我实在心惊胆战。要是我没有看到他成为最幸福的人,自己就会悲痛欲绝。反过来说,如果我们生活在纯洁高尚的友谊之中,那么,生活中的任何蝇头小利,永远玷污不了,也损害不了我们的感情。"

阿尔芒丝非常幸福,她以极其冷静的态度,衡量一下自己从前为了永远拒绝奥克塔夫的求婚所提出的理由。"如果我答应了,世人就会把这看成是一个伴娘勾引府中的少爷。当克尔公爵夫人,甚至那些最受尊敬的夫人会说些什么,我现在就能听得到。就拿德·赛森侯爵夫人来说吧,她已经看中了奥克塔夫,要把一个女儿嫁给他。

"我在生活中同巴黎好几位最有影响的夫人关系密切,因此,我的名誉很快就会受到破坏。她们什么都可以安在我的头上，别人也会相信她们。天哪！她们会把我推进多么可耻的深渊啊！总有一天奥克塔夫会失去对我的尊敬，因为我没有一点办法来为自己辩解，哪里是我开口发言的沙龙呢？我的朋友又在何处呢？况且，这样一种行为显然很卑劣，如何辩解才能够洗刷呢？假如我有家庭，有兄弟，有父亲，反过来，奥克塔夫处于我的地位，而我非常有钱，那么，我的亲人们会相信，我能像现在这样忠于他吗？"

阿尔芒丝对贪图钱财的行为这样敏感，是有缘故的。就在几天之前，奥克塔夫在和她谈起一些吵吵嚷嚷的议会多数派时，曾说："我要是在社会生活中有了地位，但愿不要像那些先生那样被人收买。那还不如更名改姓，每天挣五个法郎过日子呢。我随便到什么国家，进一家工厂当化学师，就能挣到这个数目的双倍。"

阿尔芒丝太幸福了，因此她敢于面对任何可能的非议，不管这内心的争论有多么危险。"如果奥克塔夫宁愿娶我，并不想通过娶一个门当户对的妻子，来得到一笔陪嫁，寻求一个靠山，那么，我们俩可以到僻静的地方去生活。就说今年，到马利维尔庄园去住十个月，又有何不可呢？那片庄园在多菲内地区，风景很优美，他常常向我提起。人们很快就会把我们忘记的。——是的，然而，我却不会忘记，世界上还有一个我受人鄙视的地方，而鄙视我的又是心灵最高尚的人。

"对于一个出生在富贵人家的姑娘来说，眼看着爱情在她崇拜的丈夫心中熄灭,这是一切不幸中的最大不幸。可是,如此残酷的不幸,对我来说还不算什么。即使他继续爱我,我仍要天天担心,生怕奥克塔夫会无意中产生念头,认为我爱上他是因为我们的财产相差悬殊。他不会产生这样的念头,这一点我情愿相信会这样。可是,匿名信,就像寄给德·博尼维夫人那样的匿名信,会将这种想法摆在奥克塔夫的眼前。每当他收到邮件,我都要吓得胆战心惊。不行,不管发生什么情况,永远也不应该接受他的求婚。名誉指引的道路,对我们的幸福同样是最可靠的。"

这一天,阿尔芒丝感到太幸福了。第二天,德·马利维尔与德·博尼维二位夫人动身到古堡去住。那座美丽古堡隐藏在覆盖昂迪依山丘的树林当中。医生曾经劝德·马利维尔夫人骑马或者徒步走走。到达昂迪依的次日,她想试试两匹可爱的小种马,这是她从苏格兰买来,给她自己和阿尔芒丝用的。夫人们第一次出来游玩,由奥克塔夫陪伴着。刚走了四分之一里路,奥克塔夫就隐约发现,表妹对他的态度稍微有点儿拘谨,特别注意到她的情绪显然很欢快。

这种发现引起他的深思;途中他继续观察,种种迹象证实了他的怀疑:阿尔芒丝变了个样子。事情非常清楚,阿尔芒丝要结婚了,他将失去他在世上的唯一朋友。他扶阿尔芒丝下马的时候,趁德·马利维尔夫人听不见,对她说道:

"我担心得很,我这美丽的表妹怕是很快就要改姓了①。这件事,将把世上唯一愿意给我友谊的人夺走。"

"绝不会,"阿尔芒丝答道,"我对您的友谊最忠诚、最专一,永远也不会中止。"

但是,她匆匆忙忙讲这句话的时候,眼睛里充满了幸福的神情,奥克塔夫已有成见,看到她那种神情,更确信了自己所有的担心。

在第二天散步过程中,阿尔芒丝对他的态度很和蔼,甚至带有几分亲切;这样一来,他完全沉不住气了,心里不禁思量:"德·佐伊洛夫小姐的举止,显然发生了变化。几天前,她还显得那么心神不安,现在却这样喜气洋洋。我不了解这种变化的原因,可见这只能对我不利。

"谁会这样糊涂,挑一个十八岁的姑娘当知心朋友呢?她一结婚,一切就全完了。正是我这种可恶的傲气作怪,我才宁愿死上一千次,也不敢把我向阿尔芒丝透露的心里话去告诉一个男人。

"找点事情干干,倒可能是一种办法,但是,我不是把一切合适的工作都放弃了吗?说实在的,这半年来,企图在那些自私的庸人眼里,博得一个和蔼可亲的印象,这不正是我的唯一工作吗?"为了从事这种虽然别扭,可是有用的工作,奥克塔夫每天陪母亲散步之后,便离开昂迪依,到巴黎市内去拜访人。他这是在培养新的习惯,以便填补可爱的表妹可

---

① 指结婚,按西方习惯,妻子要随丈夫的姓氏。

能给他的生活留下的空白；因为阿尔芒丝一旦结婚，就会跟随她的丈夫离开他们。他有了这种想法，就觉得需要从事一种剧烈的活动。

他的心越是抑郁悲伤，他的话就越多，越是想要讨人喜欢。他就怕孤孤单单一个人，尤其不敢瞻念将来。他不厌其烦地在心里重复："我真是孩子气，跟一个姑娘交朋友。"这句话显然很快在他的心目中变成一句格言，阻止他进一步去探究他的内心。

阿尔芒丝看到他那样忧伤，不禁心软下来，她常常责备自己对他说了假话。每当看见他动身回巴黎市区，阿尔芒丝就想把实话告诉他。"可是，这个谎言是我对付他的全部力量，"阿尔芒丝心想，"只要我向他承认我并没订婚，他肯定会请求我依从他母亲的心愿，我又如何拒绝呢？然而，无论有什么借口，我永远也不应该答应。不行，这样一种幸福会把我们两个全毁掉；我假托有了意中人，并订了所谓的婚约，这是我防范这种幸福的唯一手段。"

这位表兄实在可爱，为了扫除他的悲伤情绪，阿尔芒丝同他开了许多小玩笑，表现出最温存的友谊。这姑娘做事态度非常自然，她在保证永恒的友谊的时候，显得那么妩媚动人，快乐天真，往往能把奥克塔夫的愤世嫉俗的悲观态度一扫而光。于是，他情不自禁地高兴起来。在这种时刻，阿尔芒丝的幸福也就没有什么美中不足了。

"尽自己的义务有多甜美啊！"阿尔芒丝想道，"我这样一个寄人篱下的穷苦姑娘，要是做了奥克塔夫的妻子，还会这样高兴吗？无数令人痛苦的怀疑会不停地向我袭来。"不过，过了这种她对人对己都非常满意的时刻，她对待奥克塔夫的态度还是比她心里打算的要好。当然，她说话非常谨慎，只能表达最神圣的友谊，永远不能有别的意思！然而，某些话说出来时的口吻，讲话时的眼神，都显得很特别！如果不是奥克塔夫而是哪个别人，那肯定会看出来，这里面流露出了最炽热的感情。奥克塔夫享受着这种感情，却没有领会它。

他一可以不断地想着他的表妹之后，对于世上其他的事物就不再有偏激的情绪了。他又变得公正，甚至变得相当宽容了；幸福的心情打消了他对许多事物的严厉看法：他现在觉得，那些糊涂虫只不过是些生来不幸的人。

"一个人如果生来头发就是黑的，这难道是他的过错吗？"他对阿尔芒丝说，"如果我讨厌这个人头发的颜色，那么我留心避开他就是了。"

在一些交际场合，奥克塔夫素来被看成一个脾气很坏的人，那些愚蠢的人本能地害怕他；然而在这个时期，他们都同他和解了。他常常怀着表妹给予他的幸福心情，来到和他交往的人当中。别人不那么畏惧他了，感到他的亲切态度更真挚了。应当承认，他的一举一动都显露出一点陶醉的神情，这正是那种自己并不觉得的幸福带来的。他感到日子过得非常迅速，也非常甜美。在他少年时期，指导他一切行动的逻辑是严酷无情的，而且他还为此而自豪。现在他谈论起自己，再没有那种逻辑的痕迹了。他开口讲话的时候，往往没有想好如何收尾，他这样讲的反倒更为出色。

## 十四

>年轻的心在他周围的人身上,
>
>  不是根本没有看出缺陷,
>
>  就是把缺陷看得无比巨大。
>
>这是有一颗火热心灵的年轻人的通病。
>
>  《米兰公爵的传说》①

有一天,奥克塔夫在巴黎听说,一个跟他经常见面,也是他最愿意交往的人,按上流社会的说法,就是他的一个朋友,采用一种他认为是十分卑劣的手段得到一大笔财产——一份骗取来的遗产,因而用得很大方。奥克塔夫一回到昂迪依,便把这个令人恼火的发现告诉了阿尔芒丝。阿尔芒丝觉得,他对这件事很能容忍,一点儿没有发什么愤世嫉俗的感

---

①原文为意大利文。这段引言可能是作者的杜撰。

慨，也丝毫不想同那人公开闹翻，彻底决裂。

还有一天，他到庇卡底的一座古堡去，本来打算消磨一个晚上，却早早地回来了。他对阿尔芒丝说：

"那些谈话真无聊！总是那一套：打猎呀，乡野的美丽风光呀，罗西尼①的音乐呀，艺术呀！而且，他们嘴上说感兴趣，其实言不由衷。他们忽然愚蠢得害怕起来，一方面以为身陷一座被包围的城中，另一方面又讳言围城的消息。一群可怜的人！同他们为伍，多让我气恼啊！"

"那好，您就去瞧瞧围城者吧，"阿尔芒丝说，"领略领略他们的可笑之处，对你会有帮助，使你能容忍本阶级的可笑之处。"

"这是一个重大的问题，"奥克塔夫说，"我在我们的一个沙龙里，如果听到哪个朋友说出一个荒谬的，或者冷酷无情的看法，天晓得我会不会感到难受，但我总可以做到沉默不语，维持体面。我的痛苦，别人一点也看不出来。不过，我要是去拜访银行家马尔蒂尼……"

"好哇，"阿尔芒丝说，"那个人可是精明过人，聪明绝顶，又爱好虚荣，他准会张开双臂欢迎您。"

"那还用问，然而，我无论怎样加以克制，竭力保持谦虚与沉默，最后总是憋不住，不是品评起一件事，就是品评起一个人。一秒钟之后，客厅门咔嚓一声打开，只听到通禀

---

① 罗西尼(1792—1868)，意大利著名作曲家。

说某位先生到了,他是某地的制造商,一副大嗓门,跨进门便大嚷大叫:'亲爱的马尔蒂尼,说起来您会相信吗?有些保皇党人真糊涂、真庸俗、真愚蠢,竟然说……'

"于是,这位忠厚的制造商拉开架势,把我刚刚十分谦虚地提出的一点看法,又一字不差地重复了一遍。

"怎么办呢?"

"只当没听见。"

"我也觉得这样好。我生活在人世间,不是为了纠正别人的粗鲁行为、糊涂思想,更不想跟那个人讲话,好让他在大街上遇见我时有权同我握手。不过,在那个沙龙里,不幸得很,我同别人并不完全一样。但愿我在那里能够得到那些先生大肆宣扬的'平等'!比方说吧,到马尔蒂尼先生家要通报姓名,我的爵衔怎么办呢?"

"这么说,只要您父亲不见怪,您打算去掉这个爵衔啰。"

"当然了,不过,向马尔蒂尼先生的仆人通名的时候,丢掉我的爵衔,不是显得怯懦吗?这正像卢梭①叫他的狗一样,狗的名字本来是'公爵',他却叫'土耳其'②,就因为房间里有一位公爵③。"

---

①卢梭(1712—1778),生于日内瓦的法语作家。
②法语中的"公爵"与"土耳其"两个词的发音相近。
③其实同卢梭一样,可怜的奥克塔夫在同幻想搏斗。尽管他的姓氏冠以爵衔,他无论到巴黎的哪座沙龙,也不会引起别人的注意。况且,那部分社会他从来没见过,描述起来采取了可笑的敌对的口吻,后来他放弃了这种调子。哪个阶级都有愚蠢的人。不管对与不对,如果一个阶级被人指责为粗俗,那么过了不多久,这个阶级就会以无比伪善、庄严的举止闻名。——原注

"其实，在自由派银行家那里的人，也并不是那么仇视头衔，"阿尔芒丝说，"德·克莱夫人是哪儿都去的，有一天参加了蒙唐日先生举行的舞会；当天晚上，这您是知道的，她告诉我们说，那些人特别喜欢头衔，她甚至听到这样的通报：'上校夫人到。'她讲的情况逗得我们直笑。"

"自从蒸汽机成为世界的王后，爵衔也就变得荒谬了，不管怎么说，我披上了这种荒谬的外衣。我若是不强力支撑，就会被压垮。这种爵衔能吸引别人注意我。那个制造商一进门就大叫大嚷，如果我不予以驳斥，说我刚才讲的是蠢话，有些人的目光不就会寻找我了吗？这就是我性格上的弱点。我不能像德·欧马尔夫人希望的那样，摇头晃脑，嘲笑一切。

"我要是发现了那些目光，那么晚上余下的时间里，我就会毫无兴致了。我又该满腹狐疑，总在嘀咕别人是不是存心凌辱我：这样一来，我的心情三天也难于平静下来。"

"可是，您把这种所谓的粗鲁举止，如此慷慨地赏给了对方，真的这样有把握吗？"阿尔芒丝接着说，"您那天不是看到了吗？塔尔马的孩子和一个公爵的儿子，是从同一个学校里培养出来的。"

"沙龙里的中心人物，是在大革命中发了财的四十五岁的人，而不是塔尔马的孩子的同学。"

"我敢打赌，他们比我们中间许多人都聪明。在贵族院里，什么人表现得最出色呢？有一天您本人都痛心地注意到了。"

"哼！我要是还给我美丽的表妹上逻辑课，看我怎样奚落她！一个人的智慧有什么用？令我不痛快的是他的风度。我们中间最愚蠢的人，比方说×××先生吧，他可能显得非常可笑，然而他从来不伤害别人。有一天在德·欧马尔夫人那里，我讲述去利昂古尔①的一次游览，提到善良的公爵从曼彻斯特②购买的新机器。在场的一个人突然说：'没这么回事儿，这话不确实。'我肯定他不是想驳斥我，但是，他那种粗鲁的态度，使我沉默了一个小时。"

"那人是银行家吗？"

"反正不是我们阶层的人。有趣的是，我给利昂古尔梳棉厂的工头写了信，询问的结果证明，驳斥我的那个人其实毫无道理。"

"蒙唐日先生到过德·克莱夫人的府上，我丝毫也不觉得那位年轻的银行家举止粗俗。"

"他那一副虚情假意的样子，是粗鲁的举止的变态，怕的是粗鲁吃不开。"

"我看他们的夫人都很漂亮，"阿尔芒丝又说，"我真想知道一下，是不是我们当中有时表露出来的这种仇恨的情绪，或者怕受伤害的凛然难犯的情绪，破坏了他们谈话的兴致。我多么希望有一个像我表哥这样出色的评判者，能够把那些沙龙里的情况讲给我听啊！在歌剧院，我看见银行家的太太

---

①巴黎北部乌瓦兹省的城市。
②英国重要工业城市，以纺织、机械制造、化学工业著称。

们坐在包厢里,真想听听她们之间讲些什么,真想参加她们的谈话。她们中间有些非常可爱,当我瞧见一个特别美的,真想扑上去搂住她的脖子。在您看来,这一切也许幼稚可笑,可是,哲学家先生,别看您精通逻辑学,我要对您说:您要是仅仅看到一个阶级,怎么去了解人呢?再说,这个阶级最缺乏活力,因为它距离实际的需要最远。"

"它还是最矫揉造作的阶级,因为它总觉得全社会在看着自己。要承认,作为一个哲学家,能向对手提供论据,这是相当了不起的,"奥克塔夫笑着说,"说起来您相信吗? ×××侯爵先生,有一天就在这里,大肆嘲笑那些小报,声称他根本无视它们的存在,可是,昨天在圣伊米埃府上,他简直高兴极了,因为《震旦报》恶毒地挖苦了他的仇敌×××伯爵先生。他当时兜里就装着那份报。×××伯爵先生是最近当上国务秘书的。"

"这就是我们处境可悲的地方,眼看着蠢人讲出最可笑的假话,却不敢对他们说:漂亮的面具,我认得你。"

"最快活的玩笑,我们却开不得,因为,万一让对立的一方听到了,可能会给他们取笑。"

"我仅仅通过虚情假意的蒙唐日,以及那部引人入胜的《故事》①,才了解一点银行家,"阿尔芒丝说,"不过,在崇拜金钱这个实质问题上,我怀疑他们会超过我们中间的某些

---

①拉维尔·德·米尔蒙于一八二五年创作的喜剧。

人。您知道，要使整个阶级完美，有多难吗？我多么有兴趣了解那些太太的情况，就不想跟您再谈了。但是，正如彼得堡的×××老公爵不惜触怒亚历山大皇帝，花高价买去《帝国新闻》①时说的那样：'对方的陈述，难道不应当读读吗？'我要对您讲得更透彻一些，不过这是私下里讲，正如塔尔马②在《波利厄克特》③中说的那样：其实，我同您，我们肯定都不愿意和那些人为伍；然而，在许多问题上，我们同他们的想法一样。"

"在我们这样的年龄，"阿尔芒丝又说，"甘心终生在输掉的一方，确实很可悲。"

"我们现在就像从前基督教即将取胜时的那些崇拜偶像的异教徒。我们今天还掌握着警察和财政预算，还可以施行迫害。但是，到了明天，我们也许会受到舆论的谴责。"

"承您抬举，把我们比成那些善良的异教徒。我看，您我的处境还有更名不副实的地方：我们在这一方，仅仅是为了分担不幸。"

"这话对极了。我们看着本阶级的可笑之处，却又不敢笑，而它的优越地位又压得我们透不过气来。古老的姓氏，对我有什么用呢？要从这种优越中捞取好处，我还真感到难

---

① 拿破仑统治时期的官方报纸。
② 塔尔马 (1763—1826)，法国著名演员，他的演出给戏剧的朗诵与服装带来深刻的改革，使之更自然，更合乎历史真实。
③ 法国悲剧作家高乃依 (1606—1684) 的悲剧。

堪呢。"

"听到像您这样的年轻人讲话,您有时准想耸耸肩膀,您怕按捺不住,真的做出来,就急忙谈论德·克莱小姐的美妙画册,或者帕斯塔夫人的歌声。另一方面,您的爵衔,以及那些人粗鲁的举止,都是您去看他们的障碍,尽管在四分之三的问题上,他们的看法同您的一致。"

"啊!我多么想指挥一门炮,或者管理一台蒸汽机啊!我要是在一个工厂当化学师该多幸福啊!其实,他们粗鲁的举止我并不在意,有一个星期我就能习惯了。"

"况且,他们是不是那么粗鲁,您也实在没有把握。"阿尔芒丝说。

"即便再粗鲁十倍,"奥克塔夫又说,"学学那种陌生的语言,也是很有趣味的。不过,那我就要称作马尔丹先生,或者勒努瓦尔先生了。"

"您何不找一个有头脑的人,让他到自由派的沙龙里侦察一番呢?"

"我的好几位朋友到那里去跳舞,回来说那里的冰淇淋非常可口,仅此而已。总有一天,我要亲自去冒冒险,因为,连续考虑了一年有多么危险,也许危险根本不存在,那岂不是太傻了吗?"

阿尔芒丝终于把他的话逼出来了。原来,他在想办法到只讲财富、不讲出身的那些人当中去。

"嗯,好了,我想到办法了,"奥克塔夫又说,"然而,治疗的方法可能比疾病还要痛苦，因为，这要耗费我生命中的好几个月时间，我还得远离巴黎。"

"什么办法呀？"阿尔芒丝问道，表情突然严肃起来。

"我要到伦敦去，到了那里，我自然要拜会所有的社会名流。到了英国，怎么能不去拜访德·兰斯顿侯爵、布鲁汉先生、霍兰德勋爵呢？那些先生必然要向我提起法国的名人，他们会奇怪我竟不认识，我便表示非常遗憾，回国之后，我就去拜见我们法国那些深孚众望的人。即使有人瞧得起我，在当克尔公爵夫人府上谈起来，我这种行为也根本算不上背弃思想，也就是说，背弃别人以为同我的姓氏分不开的思想。我的愿望其实极其自然，只不过想了解本世纪的优秀人物。要是见不到弗依将军①，我要引为终生遗憾。"阿尔芒丝沉默不语。

"那个阶级除了出身之外，什么优越条件都具备，"奥克塔夫又说，"所有支持我们的人，甚至那些每天早晨在报上登文章，鼓吹门第与宗教优越的保皇派作家，也都是那个阶级输送给我们的，这难道不是一件丢脸的事情吗？"

"哦！您这种话，可别让德·苏比拉纳先生听到！"

"迫不得已地整天说假话，这是我的最大不幸，您就不要触碰我这个痛处了……"

这种亲密无间的语气，容得下无休无止的题外语，他们

---

①弗依将军（1775—1825），自由派政治家，两度当选为议员，他的葬礼成为人民的盛大示威。

却谈得津津有味,因为这证明了他们之间无限信赖,不过在第三者听来,未免十分乏味。我们只想指出,德·马利维尔子爵令人瞩目的地位,对他根本不是什么纯粹快乐的源泉。

我们要是做秉笔直书的历史学家,不是没有危险的。这样一个简单的故事被政治打断,其效果很可能像音乐会中间的一声枪响。再说,奥克塔夫根本不是哲学家,他对当时社会两部分色彩的描绘,是非常不公正的。他不像一个五十岁的智者那样进行推论,这又算得上什么丢脸的事呢?①

---

① 对维莱尔内阁,大家表达的感激恐怕不够。百分之三税法、长子继承权、新闻法,这些促进了党派的融合。贵族院与众议院的必然联系也开始密切起来,这一点奥克塔夫不可能预见到,而且,这个既骄傲又胆怯的年轻人今天的看法,幸亏比他几个月之前还不准确,不过,根据他生来的性格,他就应该这样看待事物。能因为他对所有的人不公正,就让这个古怪性格的描述残缺不全吗?他的不幸正是他这种不公正造成的。——原注

## 十五

> 对于这种自负我感到多么餍足!
> 我能让魔鬼带给我所需要的一切?
> 并且消除我所有的疑惑?
> 我能否完成已经陷入绝境的事业?
> 　　　　《浮士德博士的悲剧》[1]

奥克塔夫这样频繁地离开昂迪依,到巴黎去找德·欧马尔夫人,阿尔芒丝有一天不禁产生了轻微的妒意,使她的快乐的心情一扫而空。表兄晚上回来,她便行使了绝对权利:

"有一件事情,您母亲永远不会向您提起,您愿不愿意为了她做一下呢?"

"当然愿意。"

---

[1] 原文为英文,引自英国戏剧家马洛所著剧本《浮士德博士的悲剧》。

"那好,在三个月当中,也就是说在九十天里,您不准谢绝任何舞会的邀请,而且得跳完舞才能离开。"

"那还不如把我禁闭半个月。"奥克塔夫说。

"想得倒好,"阿尔芒丝又说,"您到底答应不答应?"

"我全答应,只是连续三个月不成。既然这里虐待我,"奥克塔夫笑着说,"那我就要逃跑。昨天,我参加德·×××先生的盛大聚会,在那里跳舞的时候,头脑里总在考虑一个旧念头,不由得想了一个晚上,仿佛猜到了您的吩咐似的。如果我离开昂迪依半年,那我就有两个比去英国更有意思的计划。

"头一个计划,我改名叫勒努瓦尔先生,就用这个漂亮的名字到外省去教算术、艺术实用几何,教什么都可以。我一路要经过布尔日、欧里亚克、卡奥尔等城市。弄一封推荐信容易,有好几位贵族院议员是法兰西研究院成员,他们会把博学的、保皇主义的勒努瓦尔介绍给各省长,如此等等。

"不过,另一个计划更好。按照头一个计划,我的身份是教师,只能见到一些小青年,以及教会学校里的一些阴谋勾当。那些小青年非常狂热,可是又反复无常,我对他们很快就会厌倦的。

"我还有些犹豫,要不要把我这最美妙的计划告诉您。按照这个计划,我改名为皮埃尔·热尔拉,到日内瓦或者里昂去谋生,找一个合适的年轻人,给他当跟班;那个人在上流社会里,扮演的必须是和我相类似的角色。皮埃尔·热尔拉身上会带着可靠的证书,证明他忠心耿耿地给德·马利维尔子爵当了六年差。总而言之,我要顶替那个有次被我从窗户扔出去的可怜的皮埃尔的名字,过过他那样的生活。两三个熟人会给我写推荐书,用大块蜡把他们的徽章印在上面。通过这种办法,我不难找个差事,或者侍候一个英国的阔少爷,或者侍候一个贵族院议员的公子。我再特意用稀酸把手弄得粗糙些。我已经从我现在的仆人,勇敢的沃雷普下士那里学会了擦皮靴。这三个月来,他的手艺全让我偷学来了。"

"说不定哪天晚上,您的主人喝得醉醺醺地回来,要踢皮埃尔·热尔拉几脚。"

"他要把我从窗户扔出去怎么办,我就估计到您要讲这话。我就自卫呗,第二天就辞掉差事,但丝毫也不怨恨他。"

"您骗取人家的信任,应该受到极大的谴责。一个人性格上有缺陷,并不在乎给一个年轻的农夫看到,因为农夫理解不了最古怪的特性,然而依我看,他在本阶级的人面前绝不会这样。"

"我听到什么话,永远不会去重复。再说,一个'主人',我这是以皮埃尔·热尔拉的口气讲话,一个'主人',十有八九要'碰上'一个骗子,然而,他这次雇的仆人,不过是个好奇的人。您应当了解我的不幸,"奥克塔夫接着说,"有些时候,我简直想入非非,不着边际地夸大我的地位的重要,尽管自己不是帝王,却渴望着'微服私访'。我由于不幸、可笑,以及对某些事物的过分重视,便产生了帝王的这种愿望。我感到有一种无法克制的需要,想看一看另一个德·马利维尔子爵如何行事。既然不幸,我生来注定是这个角色,既然我非常遗憾,不能做德·利昂古尔先生的梳棉厂的大工头的儿子,那么,我就应该当半年仆人,将德·马利维尔子爵身上的好几样弱点改掉。

"这是唯一的办法。我的傲气在我同其他人之间,筑起了一道坚硬的墙。亲爱的表妹,有您在眼前,这道墙就消失了。在您的面前,什么事情我都不会往坏处想。可是不幸的是,我没有飞毯①,不能把您带到所有的地方。我同一个'朋友'骑马到布洛涅森林去,不可能在第三者身上看到您。初交的人听我讲话,没有一个不很快把我看成一个怪人的。一年以后,他们完全了解我了,就显得极为谨慎,我认为,他们的行为与内心思想,宁可让魔鬼知道,也不肯让我知道,这也由不得我呀。我并不想一口咬定说,好多人把我看成是路济弗尔,如同德·苏比拉纳先生说的那句妙语,我是魔王降世,专门骚扰他们的。"

奥克塔夫在蒙利尼翁树林中散步时,向表妹谈了这些古怪的想法;德·博尼维夫人与德·马利埃尔夫人,距离他们俩只有几步。这些荒唐的念头使阿尔芒丝特别担心。第二天,表兄去巴黎之后,她那洒脱诙谐得往往过分的神态,却为温柔凝视的目光所代替。奥克塔夫回来后,就被这种目光

---

① 中东神话传说中能载人飞行的地毯。

吸引住，没法把视线移开。

德·博尼维夫人请了许多人，德·欧马尔夫人也住到昂迪依来了，奥克塔夫就没有那么多机会去巴黎了。与德·欧马尔夫人同时来的，还有七八位夫人，她们或者因为其智慧，或者由于在上流社会获得的影响，大都非常有名。然而，她们的亲热态度，只能为可爱的伯爵夫人增色；只要她在客厅里，她的对手们便显得衰老憔悴。

奥克塔夫聪明得很，不会感觉不到这一点；这样一来，阿尔芒丝沉思默想的时候就更加频繁了。"我能抱怨谁呢？"她心中暗道，"抱怨不着任何人，更不该抱怨奥克塔夫。我不是对他讲过，我喜欢另一个人吗？他那性格，自尊心很强，绝不愿在一个人的心中居于次要的地位。他爱上了德·欧马尔夫人，那是一个出色的美人，到处受人赞扬，而我呢，连漂亮二字都谈不上。我所能对奥克塔夫讲的，一定非常平淡无味，不用说，我常常使他厌烦，再不然，他不过像对待一个妹妹似的对我表示关切。德·欧马尔夫人的生活又快活，又独特，她到哪里，哪里就不会寂寞。在姨妈的客厅里，如果听别人谈话，我就会常常感到无聊。"想到这里，阿尔芒丝哭了。然而，她这颗高尚的心灵，绝不会堕落到怨恨德·欧马尔夫人的地步。她留意观察着这位可爱的女人的一举一动，常常不由自主地赞叹不已。但是，每一次赞赏，都仿佛在她的心口捅了一刀。宁静的幸福消失了，阿尔芒丝的痴情受到压抑，感到十分苦恼。看见德·欧马尔夫人，比看见奥克塔夫本人更使她心烦意乱。有的人由于自己的性情与地位，不能采用稍显轻浮的任何方法取悦于人；嫉妒在这种人的内心造成的痛苦，尤其不堪忍受。

## 十六

让罗马在台伯河中融化!

让大帝国巍峨的拱门倒塌!

这里才是我生存的空间。

列国纷纷犹如粪土一片;

人与禽兽在这粪土上繁育后代,

生命的崇高就在于这样相爱。

*《安东尼与克莉奥佩特拉》*[①]

有一天,溽暑如蒸,到了晚间,大家到覆盖着昂迪依山峦的那片景色秀丽的栗树林中漫步。白天时有好事的人到树林里来,破坏了那儿的景致。这天晚上,夜色美好,夏月皎洁,清辉如水,远近丘峦点点,景色格外迷人。熏风习习,在树

---

① 莎士比亚的剧作。原文为英文,引自第一幕。

木间嬉戏,为妩媚的夜色平添了一层情趣。这天,不知道德·欧马尔夫人怎么心血来潮,总是要把奥克塔夫留在身边。她毫不顾忌簇拥在她周围的男子,得意地提醒奥克塔夫说,正是在这片树林中她同他初次见面:"您当时化装成魔法师,历来的初次相见,都没有这样带有预言性的。"她补充了一句,"因为,我对您始终没有厌倦,而对任何别的男人,我还不能这样讲。"

阿尔芒丝同他们一道散步,她也不得不认为,这种回忆听来很亲切。这位杰出的伯爵夫人,平时那样快活,现在却肯一本正经地谈论,什么是生活的巨大利害,什么是通向幸福的道路,那副神态确实招人喜爱。奥克塔夫离开德·欧马尔夫人那群人,很快同阿尔芒丝走到一起,和其余的散步者隔开几步,他这才把同德·欧马尔夫人有瓜葛的这段生活,详详细细地告诉了阿尔芒丝。

"我寻求同这样出名的夫人来往,就是怕损害德·博尼维夫人谨慎的名声,"奥克塔夫说,"要是不这样小心提防,她很可能会疏远我的。"感情色彩这样浓的一件事,说起来竟没有牵涉爱情。

阿尔芒丝听了这段叙述,登时心乱如麻,等到她觉得自己的声音不会暴露出内心的烦乱后,这才对奥克塔夫说:

"亲爱的表哥,您讲的所有这些,我相信,而且也应该相信,对我来说是不容置疑的。然而,我注意到,您每次向我透露您采取的一个行动,从来没有等它发展到这样的地步。"

"对于这个问题,我脱口就能回答。您同梅丽·德·泰尔桑小姐,你们有时候恣意嘲笑我取得的成功:比方说两个月前吧,有一天晚上,你们几乎在指责我自命不凡。我打算对德·欧马尔夫人所抱的态度,其实那个时候就可以告诉您,可是又得在您的面前解释一番。您的头脑太慧黠,事情成功之前,您少不得又来挖苦我的小算盘。今天我可得意了,只可惜德·泰尔桑小姐不在。"

奥克塔夫讲这些毫无意义的话时,语调深沉,略微有些激动,表明他绝不可能喜欢那位漂亮女人流于轻浮的媚态,而对他信得过的女友却无限忠诚。阿尔芒丝看见自己得到如此深厚的爱,简直没有勇气拒绝这种幸福了。她倚在奥克塔夫的胳臂上,听他说着,仿佛心醉神迷了。她所能采取的谨慎态度,也就是不开口罢了,她一开口,奥克塔夫从她的声调中准能洞察被他激发起来的情感。晚风徐徐,树叶窸窣作响,这仿佛给他们俩的沉默增添了一种新的魅力。

奥克塔夫凝视着她那双大眼睛,她也盯着表兄的眼睛。一声呼唤依稀传入他们的耳中,却没有引起他们的注意:过了半晌,他们才猛然醒悟了。原来,德·欧马尔夫人不见了奥克塔夫,有些诧异,觉得身边少不了他,便使足了劲叫他。"有人叫您哪。"阿尔芒丝说。这样一句简单的话,说出来的声调都变了,如果换个别人,而不是奥克塔夫,就会听出人家对他的爱情。然而,他把阿尔芒丝的一只胳膊挽在自己胸前,被这只美丽的只遮着一层薄纱的胳膊搅得心慌意乱,只顾对自己的内心活动惊异不止,别的什么也没有注意到。他体味着最幸福的爱情的乐趣,感到如醉如痴,几乎要向自己承认这种爱情了。他看着阿尔芒丝娟秀的帽子,看着她那双眼睛。奥克塔夫从来没有这样窘迫过,禁不住要违背他那些反对爱情的誓言了。他想照平时那样,同阿尔芒丝开开玩笑,可是,玩笑话一出口,马上就变得严肃了,让人听了有些突如其来。他感到身不由己,再也无法进行思考,他到了幸福的顶点。这种情形非常短暂,有时让富于情感的人偶然碰上,仿佛是对他们饱受的痛苦的补偿。一股活力涌进了心田,爱情令人忘却不如它神圣的一切,这片刻的生活,胜过长期的岁月。

德·欧马尔夫人呼唤"奥克塔夫"的声音,还不时地传来。这呼唤声消除了可怜的阿尔芒丝的谨慎态度。奥克塔夫也感到,他必须把那只他紧紧地挽在胸前的美丽的胳膊放开了,他必须离开阿尔芒丝;临分手的时候,他差一点没鼓起勇气,抓住她的手,紧紧贴在自己的嘴唇上。假如他真做出这样爱情的表示,阿尔芒丝在慌乱之际,就会让他看出真情,也许还会向他承认对自己的全部情意。

他们俩又靠拢其他的散步者,奥克塔夫走得靠前一些,德·欧马尔夫人一见到他,便摆出嗔怪的样子,趁阿尔芒丝听不见,对他说道:

"真没料到这么快又见到您了。您怎么好丢下阿尔芒丝到我身边来呢?您爱上了这位漂亮的表妹,用不着分辩,这种事我懂得。"

奥克塔夫还沉醉于刚才的情景中，心神没有平静下来；他总是看见阿尔芒丝那只被他紧紧挽在胸前的美丽胳膊。德·欧马尔的这句话，对他犹如一个晴天霹雳，他感到被击中了，因为他身上还有这句话的明证。

在他听来，德·欧马尔夫人的轻佻的话语，仿佛是天意的宣示，是一种异乎寻常的声音。这句出人意料的话，向奥克塔夫揭示了他内心的真实状态，并把他从幸福的顶峰，推进绝望痛苦的深渊。

# 十七

> 仅仅把吃饭睡觉,
> 看成最高幸福与生活目的,
> 那还叫什么人,
> 不过是头畜生而已。
> ……真正的伟大,
> 绝不是轻举妄动,
> 然而一旦事关荣誉,
> 哪怕是一根稻草之争,
> 也要全力以赴地投进。
>
> 《哈姆莱特》[①]

由此看来,奥克塔夫意志薄弱,竟要违背自己多次立下

---

[①] 莎士比亚的剧作。原文为英文,引自第四幕。

的誓言！他一生的操守，顷刻之间全被推翻，他完全丧失了自爱心。从此以后，世上没有了他的出路；他不配生活在人世间；他只有离群索居，住到荒漠里去。痛苦来得猝然，又是这样剧烈，即使最坚强的人也难免惊慌失措。幸亏奥克塔夫当即看到，他要是不以最坦然的态度，迅速回答德·欧马尔夫人，阿尔芒丝的名誉就要受到损害。他同阿尔芒丝经常在一起，德·欧马尔夫人的话又让两三个人听到了，而这几个人既讨厌他，也讨厌阿尔芒丝。

"我，爱上人啦！"他对德·欧马尔夫人说，"唉！这种恩典，看来上天是不肯赐予我的。对于这一点，我从来没有这样深的感受，也从来没有这样强烈地感到遗憾。我天天见到巴黎最迷人的女子，而且总嫌见得次数不多，得到她的欢心，对我这样年龄的一个年轻人来说，当然是最称心如意的计划。毫无疑问，她没有接受我的敬意。不过，我也从来没有感觉自己到了狂热的程度，从而有资格向她表示敬意。我在她的身边，从来没有丧失令人赞叹的冷静态度。我的性情既然这样孤僻与冷漠，恐怕在任何别的女人身边也不会失魂落魄。"

从来没听见奥克塔夫有过这种论调。他这套辩词，跟议会中的演说差不多，而且还巧妙地拖长了时间，引得旁边的人都倾耳细听。当时在场的有两三个男人，他们生来专门在女人身上下功夫，常常觉得奥克塔夫是个走运的情敌。说来也巧，奥克塔夫正好听到几句尖刻的话，便乘势滔滔不绝地讲起来，继续惊扰他们的自尊心，最后他总算可以放下心来,觉得不会有人再想德·欧马尔夫人刚才脱口而出的那句话了;其实,那句话是千真万确的。

她讲那句话时,态度是很认真的。奥克塔夫认为应当尽量让她考虑自己。他论证完自己不可能产生爱情之后,有生以来第一次,对德·欧马尔夫人讲了一些含蓄的、几乎是温柔的话,她听了很惊奇。

晚会临结束的时候,奥克塔夫深信已经消除了一切怀疑,便有时间考虑起自己来。他害怕时间一到,人们各自散去,自己空闲下来,就会面对他的不幸了。他开始数古堡的钟声。午夜的钟声已经敲过好久,但是晚会这样欢乐,大家都愿意延长下去。一点的钟声响了,德·欧马尔夫人把她的朋友全打发走了。

奥克塔夫还可以暂缓一下。他要去找母亲的仆人,说他准备回巴黎过夜。尽了这项职责,他又反身回到树林。讲到这里,笔者腹内实在无词,无法描绘这位不幸的人被痛苦折磨的情景。"我有了爱情!"奥克塔夫哽咽着说,"我,产生了爱情!天哪!"他痛心疾首,喉咙哽咽,眼睛直直地望着天空,就像吓呆了一样一动不动地呆在那里。过了一会儿,他又疾步走起来,走着走着,再也支持不住了,就颓然倒在一棵挡住去路的老树干上。此刻,他的痛苦多么巨大,他似乎看得更清楚了。

"原先对我自己,我只有自尊心,"他思忖道,"现在,这一点也丧失了。"他无法否认自己的爱情,只好明确地承认下来。随后，他呼天抢地，悲痛得死去活来。精神上的痛苦不可能再剧烈了。

有勇气的人，在极度痛苦的时候，通常有一种救急的念头；这种念头也很快浮现在他的脑海里。然而，他转念一想："如果我自杀了，阿尔芒丝的名誉就要受到牵连。在一个星期里面，整个上流社会，人人都要好奇地探听今天晚上所发生的最细微的情况，而那些当时在场的先生，就可以各自编上一套了。"

在这颗高尚的心灵中，没有一点自私自利的打算，没有一点苟且偷生的念头，可以用来对付他这摧肝裂胆的剧烈痛苦。在这种时刻，只要贪图点世俗利益，就可以排遣忧伤。然而，你的心灵高尚，不懂得趋利避害，上天就专门惩罚你这一点，仿佛要从中得到乐趣。

几个小时很快地过去了，奥克塔夫痛苦的心情却丝毫没有减轻。他有时好几分钟木然不动，感到这种剧烈的痛苦是对罪孽深重的人加以重刑：他完全鄙视自己了。

他不能哭，只觉得自己真是无地自容，这使他不能怜悯自己，眼泪只能往肚子里咽。在惨痛的时刻，他呼喊道："噢！我要是死掉该多好啊！"于是，他思路一转，开始品味起无知无觉的幸福。如果寻了短见，既惩罚了自己的软弱，又似乎能保住名誉，他是何乐而不为啊！"对，"他思忖道，"我的心应当受到蔑视，因为它做出了一件我死也不肯干的事情，而且，我的思想，如果可能的话，比我的心还要可鄙。我竟然没有看到一个明显的事实：我爱阿尔芒丝。自从我毕恭毕敬地聆听德·博尼维夫人论述德国哲学的时候起，就爱上了阿尔芒丝。

"我当时狂妄自大地以哲学家自居，愚蠢地自以为是，认为自己比德·博尼维夫人那些毫无意义的论证高明千百倍，我没能看透自己的心，而这连最软弱的女人都做得到：一种强烈的、明显的爱情，早已把我过去在生活中的情趣全部摧毁了。

"凡是不能向我表现阿尔芒丝的事物，对我仿佛就不存在。我不断反省，却没有看出这些事情！噢！我多么可鄙啊！"

义务的呼声，开始在奥克塔夫耳边回响，要求他即刻逃避德·佐伊洛夫小姐；然而，远远离开她，奥克塔夫便失去了任何生活的意义，好像什么也引不起他的兴趣。一切都显得同样的平淡无奇，无论是最高尚的举动，还是最庸俗的实用主义行为，全都如此：去援助希腊，在法布维埃①身边战死，或者到外省去，默默无闻地耕种田地，两者毫无差异。

他迅速地想了一下可能采取的任何行动，随后又怀着更大的痛苦，重新陷入深沉的、无法解脱的、名副其实的绝望中。啊！在这种时候倘能一死，那该有多痛快啊！

这些苦涩荒唐的念头，奥克塔夫径自喊了出来，同时他还好奇地体味这种苦涩与荒唐。他正盘算着自己如何到巴

---

① 法布维埃（1782—1855），法国将军，在支援希腊的独立战争中，功勋卓著。

西的农夫中间去试着务农，突然高声嚷道："我何必还要自欺欺人呢？何必这样怯懦，还要自欺欺人呢？更为痛苦的是，可以说阿尔芒丝也爱我，我的责任只能更加严峻。怎么！假如阿尔芒丝已经订婚，她的未婚夫岂能容忍她仅仅同我待在一起？昨天晚上，当我把对德·欧马尔夫人的行动计划告诉她时，她那种表面十分平静，实际非常深沉、非常真实的快乐，究竟是什么原因呢？那不是明摆着的证据吗？我竟会搞错了！我那不是自己骗自己吗？我那不是走最无耻的恶棍走过的道路吗？怎么！昨天晚上十点钟，这件事我还没有看出来，几小时之后，我就觉得一目了然啦？噢！我多么懦弱，多么可鄙啊！

"我一身孩子般的傲气，一生当中，干不出一件大丈夫的事情来。我不但造成了自己的不幸，还把我在世上最亲的人拖进了深渊。天哪！还会有比我更卑劣的人吗？"一时间，奥克塔夫几乎变得昏迷狂乱了，他的脑袋热辣辣的，就像要炸开了一样。每想一步，他都发现一层新的不幸，发现一条新的鄙视自己的理由。

人始终有追求安逸的本能，甚至到了最严酷的时刻，甚至站在绞刑架下也是一样。在这种本能的作用下，奥克塔夫好像要阻止自己思考。他双手紧紧抱住脑袋，仿佛使出全身的力量，不让自己思考似的。

在他的头脑里，一切渐渐淡漠了，只剩下对阿尔芒丝的回忆；然而，他必须永远逃避她，无论以什么借口，也永远不能再同她见面。那时甚至深深扎在他心灵中的对父母的感情,也同样消失了。

他只有两个念头:离开阿尔芒丝,永远不准自己再和她见面;忍受一两年这样的生活,直到阿尔芒丝结婚,或者直到人们把他忘记为止。因为经过这段时间,别人不会再想到他了,他就可以毫无牵挂地了却此生。这就是这个被痛苦折磨得疲惫不堪的人最后的想法。奥克塔夫靠在一棵树上,一下子昏倒过去了。

他苏醒过来的时候,觉得特别寒冷,他睁开眼睛,看见天已破晓。一个农夫正在护理他,往他头上浇冷水,好使他恢复知觉;水是用他的帽子从附近水泉兜来的。奥克塔夫的头脑一时混乱,意识仍然不清楚:他身在一片树林的空地中间,躺在一个土坑的坡背上,只见大团大团的浓雾在面前掠过,他根本认不出来这是什么地方。

他的所有痛苦,又猛然出现在他的脑海里。看来,人不会因为痛苦而死去,否则,他此刻已不在人世了。他禁不住又呼号起来,把农夫弄得惊慌失措。看见农夫惊慌的样子,奥克塔夫倒想起了职责:绝不能让这个农夫讲出去。看样子,农夫挺可怜他的身体状况。奥克塔夫掏出钱包,给了这人一些钱,并且说他是不慎同人家打赌,才在黑夜里跑进树林里来的,他不适应夜里的寒气,因此昏了过去;对他来说,要紧的是不能让人家知道这个情况。

农夫仿佛没听明白。

"如果别人知道我昏了过去,"奥克塔夫说,"他们就会嘲笑我。"

"唔!我明白了,"农夫说,"放心吧,我一句话也不会讲出去,绝不能让您因为我而输掉。可话又说回来,也亏得我打这儿过,因为说实在的,您刚才的样子,真跟断了气儿似的。"

奥克塔夫凝视着钱包,并没有听农夫讲话。钱包是阿尔芒丝送的,因而又引起了新的痛苦。在深色的布钱包上,系着许多小钢珠;他手指触摸每一粒钢珠,心里都感到非常快慰。

农夫刚离开,奥克塔夫便折断一小根栗树枝,用来在他这次昏倒的地方挖了一个坑;他吻了吻阿尔芒丝的礼物,那个钱包,然后把它埋在坑里。他思忖道:"这就是我第一个合乎道德的行为。永别了,永别了,亲爱的阿尔芒丝,永世诀别了!上天明鉴,我是否爱过您!"

## 十八

> 她在洁白如玉的胸前，戴着一个闪闪发亮的十字架，那是雅克布①的孩子都会恭敬地亲吻、异教徒都会崇拜的。
>
> *席勒*②

一种本能的动力，促使他向古堡走去。他模模糊糊地感到，独自一个人冥思苦索，乃是最大的痛苦。再说，他已经看到自己的职责是什么，只期望自己能鼓起足够的勇气，不管面临什么行动，也要坚决完成。他把因害怕孤独而返回古堡的举动，解释为他害怕母亲不安，因为万一哪个仆人从巴黎来，提到在圣多米尼克街的府邸没有见到他，那么他的这次疯狂的发作就可能会暴露出来，引起母亲的不安。

---

① 《圣经》中的族长，他的十二个儿子，是以色列十二个部落的始祖。
② 席勒（1759—1805），德国诗人兼剧作家。

奥克塔夫离开古堡相当远，他穿过树林往回走时，心中暗想："哦！昨天，这里还有一些孩子在打猎。如果哪个孩子毛手毛脚，在一片树篱后面打鸟，一枪把我打死，我也就问心无愧了。天哪！这颗滚烫的脑袋挨上一粒子弹，那该多美啊！我咽气之前，要是还来得及，看我怎样感谢他！"

由此可见，那天早晨，奥克塔夫的行为，是有些疯疯癫癫。他胡思乱想，盼望着让一个孩子打死，不觉放慢了脚步。这种小小的懦弱行为，他也有些意识到了，但是，他的心灵还受其影响，不肯细想他这种行为是否正当。最后，他从花园的角门回到古堡，瞧见的第一个人便是阿尔芒丝。他猛然在那里怔住，血液都凝固了，没料到这么早就撞见了她。阿尔芒丝从远处一望见他，便笑吟吟地跑过来。她满面春风，像鸟儿一样轻捷；奥克塔夫从来没有看见她这样漂亮，她想着表兄昨天晚上对她讲的，他同德·欧马尔夫人的关系，也就自然容光焕发。

"我这是最后一次见她了。"奥克塔夫心里想着，眼睛贪婪地看着她。阿尔芒丝的大草帽，她娉婷的身材，以及垂在双颊、正好衬托出她那深邃而温柔的目光的大发卷，奥克塔夫要把这一切都铭刻在心上。然而，阿尔芒丝慢慢走近时，她那双笑吟吟的眼睛很快失去了幸福的神采。她觉得奥克塔夫的神情中有种不祥的成分，还发现他的衣裳湿漉漉的。

她由于心情激动，说话的声音也颤抖起来：

"表哥，您这是怎么啦？"这样一句简单的问话，她说时差一点流下了眼泪,她发现表兄的眼神是多么异常啊!

"小姐,"奥克塔夫冷冰冰地答道,"请您原谅,这种仿佛要剥夺我一切自由的关切,我无法欣然领受。我从巴黎来,我的衣裳也湿了,这又怎么样,如果这种解释还满足不了您的好奇心,我就再详详细细地……"说到这里,奥克塔夫情不自禁,把恶狠狠的话头收住了。

阿尔芒丝脸色惨白,好像挣扎着要走开,可是腿脚就是不听使唤,她的身子摇晃得很厉害,眼看着要跌倒。奥克塔夫走上前去,伸出胳膊搀住她。阿尔芒丝用失神的眼睛看着他,似乎表达不出任何思想。

奥克塔夫相当粗暴地抓过她的手,放在自己的腋下,扶她朝古堡走去。其时,他自己也感到浑身无力,随时会跌倒,不过,他还是鼓起勇气对阿尔芒丝说:

"我要走了,必须动身去美洲做一次长途旅行。我会写信来的,拜托您安慰我的母亲,告诉她我一定会回来的。至于您,小姐,有人声称我爱上了您,其实,我并没有这种奢望。况且,使我们团结在一起的友谊由来已久,我觉得这就足以阻止住爱情的萌生。我们之间非常了解,相互绝不会产生这种感情,而这种感情总难免有幻想的色彩。"

这时候,阿尔芒丝已经走不动了,她把低垂的双眼抬起来,望着奥克塔夫,苍白的嘴唇翕动着,仿佛要讲什么话。她想靠在橘树培植箱上,却无力支撑身体,滑了下来,倒在这棵橘树旁边,完全失去了知觉。

奥克塔夫呆若木雕，站在原地看着她，没有进行任何救护。她依然昏迷不醒，美丽的双眼半开半闭，可爱的嘴唇四周还保留着沉痛的表情。这娇弱的身躯只穿着单薄的晨衣，把它的旷世罕见的美显露无遗。奥克塔夫看见一个钻石小十字架，那是阿尔芒丝今天头一次戴出来的。

奥克塔夫心一软，拉起她的手。他的全部哲学都消失了。他注意到有培植箱挡着，古堡里的人瞧不见，便跪在阿尔芒丝身边："原谅我吧，我亲爱的天使啊，"他一面低声说着，一面狂吻这只冰冷的手，"我从来没有像这样爱你呀！"

阿尔芒丝动了一下，奥克塔夫霍地站起身来，仿佛痉挛了一般。不久，阿尔芒丝可以走动了，奥克塔夫把她送回古堡，也没敢看她一眼。他狠狠责备自己刚才又失去控制，做出可鄙的举动，若是让阿尔芒丝发现了，他那些狠心的话岂不等于白讲。阿尔芒丝匆匆地离开他，回古堡去了。

一等到德·马利维尔夫人可以会客，奥克塔夫就去求见，一进门他便扑到她的怀中。

"亲爱的妈妈，准许我去旅行吧，只有通过这种办法，我才能避开一桩可憎的婚姻，而又不失去对我父亲应有的尊敬。"

德·马利维尔夫人非常诧异，可是不管她怎样盘问奥克塔夫，也问不出有关这桩婚事的更确切的话来。

"怎么！"她对奥克塔夫说，"那位小姐叫什么，是哪个府上的，你什么也不肯告诉我呀！这简直是发疯啦！"

德·马利维尔夫人觉得这个词太准确了，往下就不敢再用了。看来她儿子的决心很大,非要当天动身不可;她好说歹说,才算让儿子答应不去美洲。对奥克塔夫来说,不管去哪儿旅行,同样可以达到目的;他所考虑的,只是离别的痛苦。

他怕把母亲吓坏了,在同她谈的时候,想尽量缓和一些,这样,他灵机一动,想到一个说得过去的理由:"亲爱的妈妈,一个德·马利维尔家的男儿,到了二十岁还不幸无所作为,他就应该效法我们的祖先,首先去参加十字军。我请你准许我到希腊去。如果你有这个要求,我可以对父亲说,我要去那不勒斯;到了那里,我仿佛偶然好奇才到希腊去的。况且,一个绅士手提利剑去游历希腊,这不是极其自然的吗?以这种方式宣布我的旅行,就会排除任何自命不凡的色彩……"

这个计划引起德·马利维尔夫人的极度不安;不过,计划中有豪爽的成分,这正同他对职责的想法相一致。谈了两个小时,奥克塔夫得到了母亲的应允;这两个小时对他也是一段休息。他紧紧偎在这位温柔的母亲的怀里,好有机会哭上片刻时间。他同意了母亲提出的一些条件,那些条件他刚进门的时候肯定会拒绝的。他答应母亲,从他登上希腊土地那天算起,一年之后,如果母亲要求,他就回来和母亲一起生活半个月。

"不过,亲爱的妈妈,请答应我,等我回来看你时,你在多菲内省的马利维尔庄园接待我,免得报纸报道我的旅行,引起我的不快。"事情全照他的愿望安排妥当;又洒了些温情的眼泪，从而确认了这次意外出行的条件。

从他母亲房间出来，对阿尔芒丝尽了礼数，奥克塔夫已经冷静下来，可以去见侯爵了。"父亲，"他拥抱了父亲之后，说道，"请允许你儿子向你提一个问题：生活在一一四七年的昂格朗·德·马利维尔，在青年路易的麾下采取的第一个行动是什么呢？"

侯爵急忙拉开写字台的抽屉，取出一个从来不离开他的羊皮纸卷：这是他们的家谱。看到儿子的记忆对他帮助很大，他非常高兴。

"我的孩子，"老人放下眼镜说，"一一四七年，昂格朗·德·马利维尔跟随国王，参加了十字军东征。"

"他当时只有十九岁，对不对？"奥克塔夫又问。

"正好十九岁。"老侯爵答道。年轻的子爵表现出对家谱的重视，越来越令他满意。

等父亲情绪高涨，心满意足了，奥克塔夫才语气坚决地对他说："父亲，贵族自有贵族样！我已经二十岁，书也读得够了。我来请求您祝福我，并允许我到意大利和西西里岛去旅行。我绝不向您隐瞒，但是仅仅透露给您一个人：我将从西西里到希腊去，准备参加一场战斗，然后再回到您的身边，这样，我也许多少配得上您传给我的尊贵的姓氏。"

侯爵虽然非常勇敢，却根本没有他祖先在青年路易时代的心灵；他是父亲，是生活在十九世纪的慈父。奥克塔夫的决定来得突然，弄得他瞠目结舌，他宁愿凑合着有个不大勇敢的儿子。然而，这个儿子的庄严的神情、举止中显露出来的毅然决然的态度，使他不得不同意了。刚强的性格，从来没有发挥过这么大的威力。他不敢拒绝这样一个请求，因为儿子的神态表明，他拒绝不拒绝是一回事。

"你这是剜我的心哪！"慈祥的老人说着，走到写字台前，不等奥克塔夫提出来，便用颤抖的手写了一张数目很大的支票，让儿子到有他存款的一个公证人处去取。"拿着，"他对奥克塔夫说，"上天保佑，但愿这不是我给你的最后一笔钱！"

午餐的铃声响了。幸亏德·欧马尔与德·博尼维两位夫人在巴黎，这悲伤的一家人才不必用废话来掩饰他们的痛苦心情。

奥克塔夫尽了职责，心里踏实了一些，觉得还有勇气继续执行他的计划。他本来打算午饭前就动身，后来想到最好还是像平时一样，否则会引起仆人的议论。他在小餐桌落座，正对着阿尔芒丝。

"这是我一生最后一次见她了。"奥克塔夫心想。阿尔芒丝烧茶的时候，幸好烫了一下手，烫得挺疼。在这间小饭厅里，如果有谁比较冷静，注意到她慌乱的神情，这件偶然发生的小事正好可以给她遮掩过去。德·马利维尔先生的声音也颤抖起来，有生以来，他头一回想不出什么风趣的话好说。他儿子引用"贵族自有贵族样"，引用得十分贴切；他也在思索，能不能找一个与这句名言相媲美的借口，用以推迟儿子的行期。

## 十九

> 您说他不值得尊敬?
> 这不可能。他想
> 死得容易些。
>
> 德凯尔①

奥克塔夫注意到,德·佐伊洛夫小姐有时神态比较安详地看着他。尽管他那一丝不苟的操守,严禁他再多想已不存在的关系,他还是情不自禁地想到,自从他心里确认了自己爱她之后,这是他头一次见到她;早晨,在花园里,他因为要采取行动,心慌意乱,没顾得想这些。"看到自己心爱的一个女子,原来是这种感觉啊,"奥克塔夫暗自思忖道,"可是阿尔芒丝对我,很可能只有友谊。昨天夜里,是我自作多

---

①德凯尔(1572—1632),英国作家、剧作家。原文为英文。

情才朝相反处想。"

在那顿气氛沉重的午餐上,谁也没有提起萦绕各人心头的事情。上午,奥克塔夫去见父亲那时候,德·马利维尔夫人吩咐人将阿尔芒丝叫去,把这次奇怪的旅行计划告诉她。这位可怜的姑娘需要讲真情话,不禁对德·马利维尔夫人说:"怎么样,姨妈,瞧您原先的想法可靠不可靠!"

这两位可爱的女人沉浸在最痛楚的悲伤中。"他这次要走,究竟是什么缘故呢?"德·马利维尔夫人翻来覆去地说,"不可能又犯了疯病,你已经把他治好了哇。"她俩商量好,关于奥克塔夫旅行这件事,谁也不告诉,连德·博尼维夫人也不告诉。"不能把他的计划看死了,"德·马利维尔夫人说,"也许我们还有希望挽回呢。"这项计划来得实在突然,他很可能会放弃。

这次谈话加剧了阿尔芒丝的痛苦,如果她的痛苦还可能加剧的话。对于存在于她与她表兄之间的感情,她认为应该永远保持缄默;她既然这样守口如瓶,就只有承受由此而产生的痛苦了。德·马利维尔夫人,是个极为慎重的朋友,而且特别深切地爱着阿尔芒丝,但是,她对事情的了解不够全面,说出来的话根本安慰不了阿尔芒丝。

然而,阿尔芒丝多需要同一个女友商量啊!在她看来,各种各样的缘故,都可能导致她表兄的古怪行为。但是,世界上任何东西,即使是摧肝裂胆的痛苦,也不能使她忘记一个女人应有的自爱心。她的心上人今天早晨对她讲的那番话,她宁可惭愧地死去,也绝不肯告诉别人。"我把这样的话吐露出去,"她心想,"要是让奥克塔夫知道了,他就不会再敬重我了。"

吃过午饭,奥克塔夫急匆匆地动身去巴黎。他已不考虑有没有道理,只是一味地行动。他开始感到这个旅行计划所包含的全部辛酸滋味,唯恐单独和阿尔芒丝待在一起,要是她那天使般的好性情,还没有被他的残酷无情的行为惹恼,要是她还肯同他讲话,他奥克塔夫,在向这样一位美貌无疵的表妹诀别时,能确保自己不动感情吗?

他万一动了感情,阿尔芒丝就会看出来他爱她,到那时他还是得走,却会因为自己在最后时刻没有尽到责任而抱憾终生。对他在世上最亲的,也许被他扰乱了宁静的人,难道不应当尽到他最神圣的职责吗?

奥克塔夫怀着走向死亡的心情,出了古堡的大院。说实在话,假如仅仅是被押赴刑场的那种痛苦,他倒觉得好过了。他起初想到自己旅行时的孤寂落寞,心里非常畏惧,现在却几乎没有感觉了;他非常奇怪,痛苦竟给了他一段喘息的时间。

他刚刚接受了一场严重的教训,谦虚了一些,绝不会再把这种平静的心情,归功于他过去引以为傲的空洞的哲学。从这个角度看,痛苦把他变成了一个新人。因为思想极度紧张,感情剧烈变化,他已经精疲力竭,没有任何感觉了。刚下昂迪依山丘,到了平川,他便昏昏沉沉地睡过去了。到了巴黎醒来,他好生奇怪,仆人怎么在前边给他赶车,而刚动身的时候,仆人是坐在车后边的。

阿尔芒丝躲在古堡顶楼上的百叶窗后边,目不转睛地窥视奥克塔夫出发的全部情景。她站在那里一动不动,直到马车消失在树林中,她心里思量:"全完了,他不可能回来了。"

她哭了很久,薄暮时分,头脑里出现了一个问题,才稍许排解了一点她内心的痛苦。"昨天晚上,我们俩一起散步的时候,这个奥克塔夫还那么彬彬有礼,表现出来的友谊还那么热忱,那么忠诚,也许还那么亲切,"她补了一句,飞红了脸,"刚过了几个小时,他怎么会换了一副那么粗暴、那么侮慢、同他的整个作风一点不合拍的腔调呢?毫无疑问,在我身上,他挑不出任何可能冒犯他的地方。"

阿尔芒丝极力回想自己的一举一动,暗暗希望能发现什么过错,好用来解释奥克塔夫对她采取的古怪态度。她没有发现任何应受责备的地方,正苦于寻找不出自己的差错,突然想起一个旧念头。

奥克塔夫从前也这样发作过,好几次都粗暴异常,这回莫不是旧病复发啦?乍一想到这种情况,虽然叫人特别难受,可也给人一线光明。阿尔芒丝确实痛苦不堪,她所能做出的推断很快向她证明,这种解释可能性最大。发现奥克塔夫不管出于什么原因,也没有不公正的行为,这对她是极大的安慰。

至于疯癫,假如他真有疯病,阿尔芒丝只能更炽热地爱他。"果真是那样,他就需要我一心一意地爱他,我永远也不会让他感到不足,"她含着眼泪说道,心中激荡着慷慨与勇敢的情绪,"此刻,奥克塔夫也许把义务看得太重了,认为一个毫无作为的贵族青年,应当去援助希腊。几年前,他父亲不是打算让他戴上马耳他十字章①吗?他的家族出过好几个马耳他骑士。他莫非继承了前人的荣耀,以为有义务信守前人的誓言,去和土耳其人作战吧?"

阿尔芒丝回想起,奥克塔夫在听说打下米索龙基城的那天,曾对她说:"我的骑士舅舅也曾宣过誓,革命前还得到过很多好处,想不到他现在竟这样心安理得了。哼!我们还企望得到那些工业家尊敬!"

阿尔芒丝总想以这种令人快慰的方式解释她表兄的行为,最后她思忖道:"奥克塔夫心灵高尚,很可能认为自己受到这种普遍义务的约束,而这里面也许掺杂着某种个人动机吧?

"从前,一部分神职人员还没有出风头的时候,奥克塔夫有过当教士的念头,也许最近有人为此说他的闲话。他也许觉得到希腊去,表明他没有辱没自己的祖先,倒更配得上他的姓氏,不像他在巴黎想干点什么事,别人又不了解,动

---

①天主教的一个国际组织"马耳他会"的佩章。"马耳他会"创建于十二世纪,始名为"圣若望仁爱会",十四世纪改称"罗德骑士会",变为军事宗教组织。一五三〇年,德意志皇帝查理五世把位于地中海的马耳他岛赠予该组织,由此得名"马耳他会"。贵族子弟十一岁起就可以戴马耳他十字章,二十岁即去马耳他岛,称为骑士。

机总是很难解释清楚,还可能成为污点。

"他没有对我讲过,因为这种事情没法同一个女人讲。他一直信任我,生怕这次也不由自主地把他的隐衷告诉我,因此说话故意非常粗暴。这种心事既然讲出来不好,他自然不愿意走到那一步……"

阿尔芒丝这样臆想着,沉迷于令人快慰的想象中,因为经过这样一描绘,奥克塔夫就是清白的、宽厚的。她含着眼泪思忖道:"这样一颗心灵,仅仅出于大仁大义,才会做出一件表面上无理的事来。"

## 二十

> 一个娴雅的女子!
>
> 美丽的女子!温柔的女子!
>
> ——不,您必须忘掉这一点。
>
> ——啊!世上没有比她更可爱的人。
>
> 《奥赛罗》[①]

阿尔芒丝正独自一人,在昂迪依树林一处没人看得见的地方散步,奥克塔夫却在巴黎忙着准备行装。经历了一段最剧烈的痛苦之后,他接着感到莫名其妙的平静下来。他一生的每时每刻,都经受了各种不同的痛苦,我们对此要不要一一回顾呢?读者对这些令人伤心的细节,不会感到厌烦吗?

他仿佛听到有人不停地在他耳边讲话,这种奇特的、意

---

①原文为英文,引自莎士比亚戏剧《奥赛罗》的第四幕。

想不到的感觉,使他一刻也忘不了他的痛苦。

毫不相干的物品,也能使他想起阿尔芒丝。他简直荒唐到了极点,只要在一张广告的开头或者商店的招牌上看见一个 A 或者 Z①,就不由自主地想到阿尔芒丝·德·佐伊洛夫,而这正是他发誓要忘掉的人。这种念头犹如一团熊熊的火焰,紧紧地把他缠住,对他具有一种崭新魅力、一种新的情趣,仿佛他有几个世纪没有想起他表妹似的。

一切都在同他作对。他去帮他的仆人、老实的沃雷普把手枪包好。这个仆人能够跟主人单独出门,支配一切琐事,心里十分得意,嘴上唠叨个没完,倒可以给他解闷。然而,在一支手枪的涂漆上,他却突然发现刻有一句缩写的话,载明:"一八二×年九月三日,阿尔芒丝用这把手枪试射。"

还有,他拿起一张希腊地图,一展开,里边就掉下一根带小红旗的别针。在围攻米索龙基城的时候,阿尔芒丝曾用这种别针标明土耳其军的位置。希腊地图从他手中滑落。他痛苦极了,站在那儿一动也不动。"难道不准我忘掉她吗?"他望着苍天喊道。他竭力要振作起来,然而总办不到。他周围的所有物品,都有昔日的痕迹,令他回忆起阿尔芒丝。到处都有这个亲切名字的缩写,并附带一个有趣的日期。

奥克塔夫在房间里踱来踱去,他刚吩咐一件事,随即又撤回了。"噢!我不知道干什么好了,"他痛苦到了极点,

---

①阿尔芒丝的第一个字母为 A,佐伊洛夫的第一个字母为 Z。

自言自语地说,"天哪!我怎么能忍受得了更大的痛苦啊?"

他站也不是,坐也不是,总觉得不好受。他做出各种各样稀奇古怪的动作,如果能在半秒钟里,感到一点惊奇和身体上的疼痛,他的思想就会从阿尔芒丝的形象上移开。他只要一想起阿尔芒丝,就把自己的皮肉弄得很疼。在他所能想出的一切办法中,这种还算有点效果。

"噢!"过了一阵他又自语道,"永远也不应该再见到她!这种痛苦超过所有的痛苦。它就像一把锋利的匕首,必须用它来猛刺我的心,将它的锋刃磨钝。"

他派仆人去买一件旅途必备的东西;其实他是需要把仆人从身边支开,自己好在一段时间里,沉浸在可怕的痛苦中。看来痛苦憋在心里,只能使他的情绪更烦躁。

仆人出去还不到五分钟,他又觉得能同仆人说说话,心还会宽点儿。在孤独中受折磨,变成了最最痛苦的事。"又不能自杀。"他高声说。他走到窗口,看看有没有什么东西能吸引一下他的注意力。

夜幕降临,喝醉了酒也不济事,他本来想借着醉意睡一会儿,不料脑子里更加混乱了。

头脑里出现的各种念头把他吓坏了,这些念头可能使他成为府中的笑柄,间接损害阿尔芒丝的名誉。"还是干脆死了的好。"他这样想着,便把房门反锁上。

夜渐渐深了,他伫立在窗前的阳台上,仰望天穹,木然不动。极小的声响,都能引起他的注意,但是,渐渐的,万籁俱寂。这悄然无声的夜,只容他形影相吊,使他对自己的处境又平添了一层恐惧。他疲惫不堪,刚有片刻时间稍稍休息一下,耳边又仿佛听到营营扰扰的说话声,突然惊醒过来。

精神上的痛苦实在难熬,逼着他要干点什么;次日,理发师来给他理发,他真想扑上去搂住人家的脖子,告诉人家自己是多么值得可怜。这情形正像一个忍受外科医生的手术刀的患者,他以为喊叫一声,就可以减轻痛苦了。

在还能忍受的时刻,奥克塔夫就想同仆人聊聊天。这种毫无意义的琐事,似乎吸引了他的全部注意力,他也就全神贯注地聊起来。

他由于痛苦,变得异常谦虚。人生在世,总要遇到一些小小的纷争,他对这些小纷争的回忆使他想到了什么人吗?不管怎么说,他从前太活跃,不够礼貌,想起来总不免诧异,觉得他的对手完全有理,过错全在自己一边。

他一生遭到的种种不幸的情景都重新出现在他的眼前,使他倍感痛苦。从前,只要阿尔芒丝看他一眼,他就会忘记一大堆苦恼事;现在回想那些苦恼事,格外叫人心酸,因为他再也见不到阿尔芒丝了。他原先最讨厌不速之客来打扰,现在却渴望有人来。一个愚蠢的人来看他,就会在一个小时里成为他的恩人。他要给一位女远亲写一封礼节性的信,可是对方看了,竟以为是封情书,因为他在信中谈得太直率、太深刻,让人家一看便知道,写信的人太需要同情了。

就在这种变幻不定的痛苦中,奥克塔夫一直熬到他离开阿尔芒丝的第二天傍晚；他从鞍具店里走出来，当天夜里，一切就得准备就绪；次日一早，他就可以启程了。

他应当回昂迪依一趟吗？这是他苦思苦想决定不下的问题。他惊恐地发现，他不再爱母亲了，因为他考虑回昂迪依的理由，根本不是想去看他母亲。他害怕见到德·佐伊洛夫小姐，特别是因为他有时这样想："我的全部行为，难道是一场骗局吗？"

他不敢回答自己：是的。于是，诱惑的一方说："我已经答应可怜的母亲，再同她见上一面，这不正是我神圣的义务吗？"——"不对，不争气的家伙，"良心的一方喊道，"这种回答不过是个借口，你不爱你母亲了。"

他正在焦躁不安，目光不觉落到一张演出海报上，只见上面大字写着：《奥赛罗》。这个剧目令他想起了德·欧马尔夫人。"她也许会到巴黎来看《奥赛罗》，既然这样，我应该去同她讲一声。一定要让她相信，这次突然的旅行，完全是一个百无聊赖的人的念头。长期以来，这个计划我一直对朋友们避而不谈。不过，近几个月来，只是因为旅费不足，我才推迟行期；金钱上面的困难，是不便向有钱的朋友讲的。"

## 二十一

活下去吧,尽量物为我用。

维吉尔①

奥克塔夫走进歌剧院,果然见到德·欧马尔夫人。有一个叫德·克雷夫罗什的侯爵在她的包厢里,那是一个自命不凡的人,他总是缠着这位可爱的女人,比谁缠得都厉害;可是,他没有别人风趣,或者说比别人自负,总是自认为高人一等。奥克塔夫一来,德·欧马尔夫人眼里便没了别人,德·克雷夫罗什侯爵悻悻离去,他们甚至都没有发觉。

奥克塔夫坐在包厢的前座,开始同德·欧马尔夫人大声说话,声音特别高,有时压过了演员的声音,这只是出于习惯,因为那天他根本顾不上装样子了。应当承认,他的态

---

①维吉尔(公元前70—公元前19),罗马文学中最重要的作家,著有《牧歌》《农事诗》和《伊尼德》。原文为拉丁文。

度太不像样,有点令人难以容忍了。歌剧院正厅的观众,如果同其他剧院的一样,那就会有一场好戏看了。

《奥赛罗》正演到第二幕中间,一个说话鼻音很重、叫卖歌剧剧本的人,给奥克塔夫送来一张便条,内容如下:

> 先生,凡是矫揉造作的行为,我自然颇为鄙夷;不过,这类事情司空见惯,只有妨碍了我,我才理会。您同那个小德·欧马尔吵吵嚷嚷的,妨碍了我。住嘴。
>
> 在下荣幸地……
>
> 德·克雷夫罗什侯爵
> 维尔内依街五十四号

看了这张便条,奥克塔夫好生奇怪,这才想起了世俗的利害得失。他头一个感觉,就像一个人从地狱里被拉出来片刻一样。他第一个念头,就是佯装快乐,他内心很快就充满了欢乐。他想,德·克雷夫罗什先生的小望远镜,一定对着德·欧马尔夫人的包厢,要是让人家看出来他收到便条之后,这里快活的气氛大减,他的情敌就会得意了。

奥克塔夫自言自语地用了"情敌"这个词,不禁大笑起来,眼睛也放出了异样的光彩。

"您怎么啦?"德·欧马尔夫人问道。

"我想到我的情敌们。世上还可能有谁敢说自己同我一样讨您的欢心吗?"

这样一种美妙的念头,在年轻的伯爵夫人听来,胜过著名演员帕斯塔充满激情的歌声。

散了戏,德·欧马尔夫人要吃夜宵,奥克塔夫送她回府之后,已经是深夜了。他又恢复了平静快乐的心情,和他在森林度过的那个夜晚以后的心境相比,真有霄壤之别啊!

他决斗要找个证人,这倒相当不容易。他那样落落寡合,结交的朋友那样少,生怕请求一个伙伴陪他去德·克雷夫罗什先生府,会显得太冒失。想来想去,他终于想到多利埃先生,一个领取半饷的军官①,虽然很少来往,但却是他的亲戚。

凌晨三点钟,他派人送去一封便函,交给多利埃先生的门房。到了五点半,多利埃先生亲自来了。随后不久,两位先生一道去见德·克雷夫罗什先生。德·克雷夫罗什先生接待他们时,态度客气得有点做作,但是完全合乎礼节。

"我恭候着你们呢,先生们,"他态度随便地对他们说,"希望你们赏光,同我的朋友德·麦兰先生喝杯茶。我荣幸地把他,以及我本人,介绍给你们。"

吃过茶,大家离座时,德·克雷夫罗什先生提议到莫东树林。

"那家伙做出的虚文客套的样子,都把我惹火了。"旧日

---

①指法国王朝复辟时期被政府解职的第一帝国军官。

的军官一面登上奥克塔夫的马车,一面对他说,"让我来教训他吧,不必弄脏您的手。您有多久没进习武厅了?"

"照我回想起来看,有三四年了。"奥克塔夫说。

"您最后一次打枪是在什么时候?"

"大概半年之前吧,不过,我从来没有打算用手枪决斗。"

"见鬼!"多利埃先生说,"半年啦!真叫人生气。胳膊朝我伸出来。您像风中的树叶一样瑟瑟发抖。"

"老毛病了,始终改不了。"奥克塔夫说。

多利埃先生很不高兴,再也没有说什么。从巴黎市区到莫东,一路默默无语,对奥克塔夫来说,这是他经受痛苦的折磨以来最甜美的时刻。他根本无意挑起这场决斗,他打算尽力自卫。总而言之,他要是被打死,心中也不会有丝毫的内疚。从眼下的处境来说,他死了倒是第一件幸事。

他们到达莫东树林的一个僻静的地方,但是,德·克雷夫罗什先生比平日更显得装模作样,摆出一副"花花公子"的架势,看了两三个地点,硬说不合适,挑剔的理由十分可笑。多利埃先生几乎忍耐不住,奥克塔夫费了很大的劲才把他劝住了。

"起码把那个证人留给我,"多利埃先生说,"我要让他知道知道,我对他们两个有什么看法。"

"等明天再考虑这些吧,"奥克塔夫口气严厉地说,"不要忘记,您今天是给我面子,答应来帮我的忙。"

没等提起用剑,德·克雷夫罗什先生的见证人先就指定用手枪。奥克塔夫虽然觉得用手枪决斗没意思,还是向多利埃先生点了点头,多利埃先生当即同意了。两个人终于交了火。德·克雷夫罗什先生是个好射手,抢先开了枪,击中了奥克塔夫的大腿,只见鲜血汩汩地直往外流。

"我还有权开枪。"奥克塔夫冷静地说。德·克雷夫罗什一只小腿擦破了点皮。

"拿你的和我的手绢,把我的大腿扎起来,"奥克塔夫对仆人说,"在这几分钟里,不能让血流出来。"

"您有什么打算?"多利埃先生问道。

"接着决斗,"奥克塔夫答道,"我一点也没有感到虚弱,还像刚到时那样劲头十足。别的事情我都可以有始有终,这件事情为什么半途而废呢?"

"然而,我觉得这件事早已结束了。"多利埃先生说。

"您十分钟前的那股怒气,现在跑到哪儿去啦?"

"这个人没有一点侮辱我们的意图,"多利埃先生又说,"他不过是个蠢人而已。"

两个见证人商量了一下,明确反对再次交火。奥克塔夫看出来,德·克雷夫罗什先生的见证人是个地位很低的,可能因为有点勇力,他才跻身上流社会,而内心却一味崇拜他的侯爵。于是,奥克塔夫对侯爵说了几句尖刻的话,逼使侯爵口气坚决地表了态。这样一来,德·麦兰先生不敢作声了,奥克塔夫的见证人也不便再开口。奥克塔夫说话的时候,也许有生以来还从没感到这样幸福过。不知道他对自己的伤抱着什么模糊而罪恶的希望，因为他要留在母亲身边养几天伤，这样离阿尔芒丝也就不很远了。奥克塔夫显得无比快活，德·克雷夫罗什先生却气得满脸通红，争论了一刻钟之后，他们终于得到见证人的同意，把手枪重新压上子弹。

德·克雷夫罗什先生的小腿被子弹擦伤，他担心几个星期跳不成舞，因此暴跳如雷，非要近距离对射不可；但是，见证人不答应，并威胁说如果他俩靠近一步，他们就把手枪带走，把他俩同仆人丢在那里。还是德·克雷夫罗什先生的运气好，他瞄了好久，击中奥克塔夫的右臂，造成重伤。

"先生，"奥克塔夫向他喊道，"您应当等一下，我还有一枪，请允许我把胳膊包扎起来。"

奥克塔夫的仆人是个老兵，非常麻利地给他包扎好，还把手绢用烧酒浸湿，好包扎得紧一些。

"我觉得还有力气。"奥克塔夫对多利埃先生说。只听一声枪响，德·克雷夫罗什先生跌倒在地，两分钟之后咽了气。

奥克塔夫靠着仆人，向马车走去，没讲一句话就上了车。几步之外，就是那个刚刚咽气的漂亮的年轻人，只见他四肢渐渐僵直；多利埃先生一旁看着，不免生了怜悯之心。"世上不过少了一个自命不凡的人。"奥克塔夫冷冷地说。

马车尽管缓缓而行，但是二十分钟以后，奥克塔夫还是对多利埃先生说："我的胳臂疼得厉害，手绢包扎得太紧。"说罢昏了过去。一个小时之后，他才苏醒过来，发现自己躺在一个园丁的茅屋里。园丁人挺厚道,再说,多利埃先生一进门,就赏了他不少钱。

"要知道,亲爱的表兄,我母亲该有多么伤心啊,"奥克塔夫对多利埃先生说,"请您离开我,到圣多米尼克街去,如果在巴黎城内的府第找不到她,就麻烦您往昂迪依跑一趟,尽量婉转地告诉她,我从马上摔下来,右臂摔断了一根骨头。既不要提决斗的事,也不要说我中了子弹。我有理由希望,我母亲考虑到某些情况,对我这次轻伤不会太伤心;这些情况我以后会告诉您。如果有必要,就只把这次决斗报告给警察署好了,还有,给我请个外科医生来。昂迪依古堡离村庄只有五分钟的路,您要是到那里去,就先去见阿尔芒丝·德·佐伊洛夫小姐,等小姐让我母亲思想上有个准备,您再把事情的经过告诉我母亲。"

讲出阿尔芒丝的名字,是奥克塔夫心境的一个大转变。他竟敢直呼她的名字,而这原先是他最大的禁忌!他也许有一个月不会离开她!他此刻充满了喜悦。

在决斗的时候,奥克塔夫常常模模糊糊地想起阿尔芒丝,但他严禁自己去想。呼出她的名字之后,他敢于用片刻工夫想想她,过了一会儿,他感到身体虚弱得厉害。"啊!我若是死掉该多好啊!"他高兴地思忖道。于是,他尽情地想着阿尔芒丝,如同他命里注定发现他对她的爱情之前那样。奥克塔夫注意到,围观的农夫们表情都很惊慌;他们惴惴不安的神色,减轻了他内疚的心情,使他觉得想想表妹是可以的。"如果我的伤势恶化了,"他思忖道,"我就可以给她写信,承认我那次对待她太粗暴。"

写信的念头一出现,就完全占据了奥克塔夫的头脑。"如果我好起来,我随时都可以把信烧掉。"他终于这样想,以便平息他对自己的责备。奥克塔夫疼痛难忍,脑袋像要炸开了一样。"我可能会突然死去,"他高兴地想,并极力回忆有关解剖的一些知识,"噢!我可以写信啦!"

奥克塔夫终于忍耐不住,向人要笔墨纸张。人家给他找来一张小学生用的粗糙的纸、一支不好使的羽毛笔,但是,这家没有墨水。我们要冒昧地如实讲出来吗?奥克塔夫见右臂的绷带还在往外渗血,一时耍起孩子脾气,蘸着血写起信来。他用左手写,没想到还相当顺手。信的内容如下:

我亲爱的表妹:

我刚刚受了两处伤,每处伤可能都要在家养半个月。由于除了母亲,您是我在世上最尊敬的人,我便写信告诉您这个情况。万一有什么危险,我会告诉您的。您对我一贯体贴友好,在多利埃先生向我母亲谈这件事的时候,您能否麻烦一下,装作偶然在她的房间里呢?多利埃先生只会对她说,我从马上摔下来,右臂骨折。亲爱的阿尔芒丝,您知道吗?人的上臂连接手的部位,有两根骨头,我就是折断了其中的一根。需要治疗一个月的外伤有许多种,这是我所能想象的最普通的一种。

我不清楚在我养伤期间，您来探视是否合乎礼节，我恐怕那不合适。我很想做一件冒失的事情：由于我那个小楼梯上下不便，也许有人会提出来，把我的床搬到去我母亲的房间必须经过的那间客厅里，那样我就接受。我求您看完信后立即烧毁……我刚刚昏过去了一阵儿，这是出血后的自然现象，没有任何危险。您瞧，我使用起学术用语了。我失去知觉的时候，最后想着的是您；恢复知觉的时候，头一个想到的还是您。您如果觉得合适，就赶在我母亲之前来巴黎吧。运送一个受伤的人，即使仅仅是扭伤，也总是一件不应当让她看到的可怕的事。亲爱的阿尔芒丝，您的一个不幸，就是父母双亡。万一我离开人世，不管表面上如何，从此与您幽明永隔的人，爱您实际上胜过父亲爱他的女儿。我祈求天主赐福给您，这是您受之无愧的。

这话讲到头了，讲到头了。

奥克塔夫

又及：请原谅我讲的粗暴的话，那也是事出无奈。

奥克塔夫想到了死，他又叫人找来一张纸，在上面写道：

我把我现存的全部财产，遗留给我的表妹阿尔芒丝·德·佐伊洛夫小姐，略表我对她的谢忱，因为她在我去世之后，肯定会照顾我的母亲。

此据立于一八二×年×月×日于克拉马尔

奥克塔夫·德·马利维尔

奥克塔夫让两位证人在上面签了字，然而，墨水的质量，使他对这样一个字据的有效性颇为怀疑。

## 二十二

一个俗不可耐的蠢人,庸俗的心灵只盯着日常生活的粗俗而无价值的利益,在他看来,一位因为无法抗拒的痴情而陷入不幸的高尚的人,仅仅是受奚落嘲笑的对象。

德凯尔[①]

证人刚签好字,奥克塔夫就又昏迷过去。农夫们非常担心,便去找他们的神父。两位外科医生终于从巴黎市区赶来,他们认为奥克塔夫的伤势严重。两位先生觉得每天跑到克拉马尔来,实在太麻烦,决定将受伤者运送到巴黎市内。

奥克塔夫给阿尔芒丝的信,是交给一个好心肠的年轻农夫送去的。那人租了一匹驿马,保证两小时之内赶到昂迪

---

①原文为英文。德凯尔,见第一百四十七页注①。

依古堡。多利埃先生因为找医生,在巴黎耽搁了很长时间,信在他之前就送到了。那个年轻农夫很会办事,让人不声不响带他去见德·佐伊洛夫小姐。她看了信,完全丧失了勇气,只是强打精神问了几句话。

阿尔芒丝收到这条可悲的消息时,正处在心灰意冷的状态中,这是她做出巨大牺牲的结果;这种牺牲,虽说是出于责任,可也只能造成一种平静的、毫无生气的状况。永远见不到奥克塔夫了,她极力想适应这种想法,然而,她绝没有想到他会死。严酷命运的最后一击,是出乎她意料的。

听着那个年轻农夫讲述的令人十分担忧的情况,阿尔芒丝止不住哭了,哽哽咽咽地透不过气来,而德·博尼维与德·马利维尔两位夫人,正在隔壁房间里啊!阿尔芒丝想到她们可能会听见自己的哭声,看见自己处在这种状态,就不禁浑身颤抖。自己这种样子,若叫德·马利维尔夫人瞧见了,非要她的命不可;而且,事情过后,德·博尼维夫人还会编出一段感人的悲剧故事,把我们的女主人公糟蹋一番。

德·佐伊洛夫小姐认为,儿子写的这封血书,无论如何不能让他不幸的母亲看到。她打定主意去巴黎,并让一名女仆陪同。女仆鼓动她把年轻农夫带上车一道走。一路上,农夫向她复述了令人伤心的细节,我在此就不赘述了。他们到达了圣多米尼克街。

远远望见宅第,阿尔芒丝不禁直哆嗦;在府内的一个房间里,奥克塔夫也许正在咽最后一口气。进去一看,他根本没到,阿尔芒丝不再怀疑了,认为他已经死在克拉马尔的农舍里。她悲痛欲绝,连最简单的事情都吩咐不了,过了一阵,才终于叫人在客厅里放一张床。仆人们很吃惊,只好莫名其妙地照着她的话去做。

阿尔芒丝派人去叫一辆车来,一心想找个借口去克拉马尔。如果奥克塔夫还活着,阿尔芒丝认为在他最后的时刻,救护他最最要紧,一切都应该让路。"外界及其流言,又能把我怎么样?"阿尔芒丝心想,"我只是为了他才有所顾忌。再说,舆论要是合乎情理,就应当称赞我的行为。"

她正要动身,忽听通车的大门訇然一声,她明白奥克塔夫到了。由于一路颠簸,奥克塔夫又完全失去了知觉。阿尔芒丝把一扇朝院子的窗户打开一半,从抬担架的农夫肩膀中间,看到昏迷不醒的奥克塔夫惨白的脸庞。他的脑袋毫无生意,随着担架的晃动,在枕头上左右摇摆。阿尔芒丝觉得这种景象太凄惨了,以致瘫倒在窗台上,动弹不得。

外科医生进行了初步包扎,便来向阿尔芒丝报告病人的伤势,因为府中只有她这一个主人。他们发现她沉默不语,眼睛直直地瞧着他们,一句话也答不上来,那样子真快要疯了。

阿尔芒丝只相信亲眼看到的,对他们所讲的情况一概不信。一个多么有理智的人,竟然完全失去了控制自己的能力。她呜呜咽咽,反复地看着奥克塔夫的信。她确实悲痛得昏了头,竟敢当着一名使女的面吻这封信。她把信看了又看,终于看到让她销毁信件的命令。

再没有比这更揪心的牺牲了；万一奥克塔夫有个好歹，她就只有这点遗物，而她还必须舍弃，然而，这是奥克塔夫的意愿啊。她一面不住地啜泣，一面着手把信抄下来；每抄一行，她都停下，把信紧紧地贴在嘴唇上。最后，她鼓起勇气，在小桌子的大理石面上把信烧毁，还把纸灰珍藏起来。

奥克塔夫的仆人、忠实的沃雷普，守在主人的床前哭泣，他忽然想起主人写的第二封信还在自己身上，就是那份遗嘱。这封信提醒了阿尔芒丝，对此事悲痛的不只是她一人。她必须回昂迪依，把奥克塔夫的消息带给他的母亲。她从病榻前经过，伤者躺着一动不动，脸像一张白纸，似乎不久于人世了，不过还有气息。在他处于这种状态的时候丢下他，把他交给仆人，交给派人从附近叫来的一个小医生去照料，这是最难做出的牺牲了。

到了昂迪依，阿尔芒丝找到了多利埃先生。他还没有见到奥克塔夫的母亲。阿尔芒丝忘记了，今天上午全体到埃古昂古堡去了，她等着几位夫人回来等了好久。趁着等候的工夫，多利埃先生把早晨发生的事情讲了一遍：他不清楚同德·克雷夫罗什先生争吵的起因。

他们终于听到车马进院子的响声。多利埃先生先要回避一下，等德·马利维尔先生想见他时再露面。阿尔芒丝尽量掩饰起恐慌的神色，对德·马利维尔夫人说，她儿子早晨骑马游玩时摔了下来，造成右臂骨折。然而，阿尔芒丝讲到第二句话，就忍不住抽泣起来，把她自己讲的每个字都揭穿了。

德·马利维尔夫人的悲痛程度不言自明；可怜的侯爵也吓呆了；就连德·博尼维夫人也很伤心，非要同他们一道去巴黎不可，而她也不能给德·马利维尔夫人一点儿勇气。德·欧马尔夫人一听说奥克塔夫出了事，立刻跑出去，策马上路，朝克利什城关飞驰；她到达圣多米尼克大街，比马利维尔一家要早好长时间。她从奥克塔夫的仆人口中，了解到事情的全部真相，她听见德·马利维尔夫人的马车到门口的声音，就又悄然走了。

外科医生们说，伤者的身体极度虚弱，必须十分注意，避免让他过分激动。德·马利维尔夫人来到儿子的床后边，以便看看儿子，又不被他发现。

德·马利维尔夫人急忙派人去把她的朋友，著名的外科医生杜克雷尔请来。这个人很干练，他头一天就断言，奥克塔夫的伤势没有危险，使全家人有了希望。但是，阿尔芒丝早被初见的景象吓坏了，始终不抱任何幻想。眼前人这么多，奥克塔夫不能同她讲话，有一次想握握她的手。

第五天出现了破伤风。有一阵子，奥克塔夫发起高烧，有了一点力气，他就非常严肃地请杜克雷尔先生告诉他全部真情。

这位外科医生是一个真正勇敢的人，他从前在战场上，多次被哥萨克的长矛刺伤。他回答奥克塔夫说：

"先生，不瞒您说，伤势有危险，但是，像您这样得了破伤风的伤员，我以前见过不少，他们都活过来了。"

"占多大比例?"奥克塔夫又问。

"既然您要自始至终保持男子汉气概,"杜克雷尔先生说,"我就实话告诉您,两分准有一分的把握,您过三天就不再痛苦了。您若想得到上天的宽宥,现在正是时候。"听了医生的这个断语,奥克塔夫沉吟了片刻,但接着很快又显露出快乐的神情,脸上浮现微笑。看见他这样快乐,杰出的杜克雷尔却慌了神儿,以为他进入了谵妄状态。

## 二十三

啊，死神，你不过是虚无！然而，我一旦往我的墓穴迈下一级，能够看到人生的真实面目吗？

加斯科[①]

直到这时，阿尔芒丝总是当着他母亲的面去看她的表哥。有一天，医生看完病出去，德·马利维尔夫人仿佛发现，在奥克塔夫的眼睛里有一股罕见的勇气，有一种要同阿尔芒丝说话的愿望，于是，她说要到隔壁房间去写封信，请年轻的亲戚替她照看一会儿她儿子。

奥克塔夫目送着他母亲，见她一出去，便对阿尔芒丝说："亲爱的阿尔芒丝，我要不行了，人到这种时候，是有一些特权的。有些话我要平生第一次跟您讲，您听了不要生

---

[①]原文为意大利文。加斯科是意大利的主教，生卒年代不详。这段引言很可能出自作者的手笔。

气：我生死如一，始终热烈地爱您，死亡对我是甜美的，因为它准许我向您吐露我的深情。"

阿尔芒丝激动万分，一时答不出话来，眼睛充满了泪水，说也奇怪，这是幸福的眼泪。

"最忠诚、最温存的友谊，将我的命运同您的连在一起。"她终于回答说。

"唔，我明白，"奥克塔夫又说，"我死了却感到倍加幸福。您给了我友谊，但是，您的心是属于另外一个人的，属于您许婚的那个幸福的人。"

奥克塔夫的语调非常悲伤，在这最后的时刻，阿尔芒丝没有勇气再叫他痛苦。

"不，不，亲爱的表哥，"阿尔芒丝对他说，"我对您只有友谊，然而对我来说，世上任何人也没有您亲近。"

"那您原先对我讲的那件婚事呢?"奥克塔夫问。

"我一生当中，只允许自己说过这一次假话，现在请您原谅我。德·马利维尔夫人特别偏爱我，因此有了一种打算，我只能以这种办法拒绝。我绝不能当她的儿媳妇，但是，我永远不会像爱您那样爱任何别人。表哥，现在由您决定，您肯不肯以这种代价得到我的友谊。"

"我要是能活下来，就会幸福了。"

"我还要提一个条件，"阿尔芒丝补充说，"要叫我毫无拘束，敢于享受同您完全坦然相处的幸福，您得答应我，如果上天保佑，您痊愈了，我们之间永远不能提起婚事。"

"多么离奇的条件啊!"奥克塔夫说,"您愿不愿意还向我发誓说您对任何人也没有爱情呢?"

"我向您发誓,"阿尔芒丝含着眼泪又说,"我一生只爱奥克塔夫,他是我在世上最心爱的人。不过,我只能对他表示友谊。"阿尔芒丝补了一句,由于脱口说出心爱的这个词,不禁羞红了脸。"如果他不向我做出保证,不管发生什么情况,他一辈子也不采取任何直接的或间接的行动,以便同我结婚,那么,我永远也不能信赖他。"

"我向您保证,"奥克塔夫深为诧异地说……"但是,阿尔芒丝允许我向她表白我的爱情吗?"

"这将是您给我们的友谊起的名字。"阿尔芒丝说,她那种目光十分迷人。

"几天前,我才知道我爱您,"奥克塔夫又说,"过不上五分钟,我总要回想起阿尔芒丝,决定我到底应该感到幸福,还是应该感到不幸,这种情况不能说由来已久,我确实是个瞎子。

"我们在昂迪依树林的那次谈话后一会儿工夫,德·欧马尔夫人开了一句玩笑,向我证实了我爱您。那天夜里,我痛苦绝望到了极点,觉得应该躲避您,因此决定出外旅行,好把您忘掉。清晨,我从树林回去,在古堡花园里遇到您,对您讲话的语气十分粗暴,无非是想用这种恶劣的态度,激起您正当的气愤,从而使我有力量割断我留恋法国的感情。那天,您哪管对我讲一句您常对我讲的非常温柔的话,您哪管看我一眼，我无论如何也没有勇气说走就走啊。您宽恕我吗？"

"您确实给我造成了极大的痛苦，不过，在您刚才向我吐露真情之前，我就原谅您了。"

一个小时过去了，奥克塔夫有生以来第一次尝到这种幸福，能向自己所爱的人倾吐爱情。

仅仅一个词，就彻底改变了奥克塔夫与阿尔芒丝的处境。由于长期以来，相互思念占据了他们生活的每一时刻，这一阵惊喜交集的爱情，使他们忘记了死神守在身边；他们每说一句话，都发现新的相爱的理由。

德·马利维尔夫人好几次蹑手蹑脚，走到房门口。然而两个人忘记了一切，甚至把要残酷拆开他们的死亡也置于脑后，根本没有发现德·马利维尔夫人。最后，她怕奥克塔夫过于激动，增加病情的危险，便走上前去，几乎笑着对他们说："孩子们，你们知道吗？你们已经谈了一个半小时了，这可能会使你烧得更厉害。"

"亲爱的妈妈，我可以向你保证，"奥克塔夫答道，"这四天来，我还没有感觉到像现在这么好。"他又对阿尔芒丝说："我发起高烧的时候，有一件事情却念念不忘。那位可怜的德·克雷夫罗什侯爵有一条非常漂亮的狗，好像十分忠于主人。我担心那只可怜的狗在它的主人死后，就无人照管了。能不能让沃雷普扮成猎人，将那只漂亮的短毛猎犬买下来呢？至少我想确切地知道人家待它不错。我希望见见它。亲爱的表妹，不管怎么说，我要把它送给您。"

这一天，奥克塔夫心情非常激动，后来就进入了沉沉的梦乡，第二天又出现了破伤风。杜克雷尔先生认为有责任告诉侯爵。府中上下都极为伤心。尽管奥克塔夫为人死板，仆人却都喜欢他，喜欢他的坚定与公正。

奥克塔夫虽然有时疼痛难忍，可是对他来说，一生从来没有这样幸福过，他到了临终的时候，他终于能够理智地看待人生，更加爱阿尔芒丝了。在这不幸的苦海中，多亏了阿尔芒丝，他才看到瞬间的幸福。正是听从了阿尔芒丝的劝告，他才不再对尘世表示不满，而是行动起来，改正了许多会加深他不幸的错误看法。奥克塔夫被伤痛折磨得好苦，但是，他还活着，甚至还有气力，善良的杜克雷尔对此惊讶不已。

他一生的大事，就是发誓永远不要爱情，经过整整一周的思想斗争，他总算放弃了这个誓言。反正快要离开人世了，违背誓言就违背吧，他这样一想，也就诚恳地原谅了自己。"临死如何，听其自然，"他思忖道，"我呢，死的时候达到了幸福的顶点。人生祸福难卜，我受尽了痛苦，也许应当得到这种补偿吧。"

"然而，我可能活下来呀。"他这样一想，不免更觉为难。最后他总算想到，可能性尽管很小，他万一大难不死，就要克服自己的软弱性格，信守自己在少年时立下的这个轻率的誓言，而不应该违反。"因为，这个誓言的初衷，毕竟完全是为了我的幸福与荣誉。阿尔芒丝向我保证了那样深厚的友情，我要是能活下去，为什么不在她的身边，继续享受这种友谊的乐趣呢?我能感觉不出自己对她的热恋吗?"

奥克塔夫奇怪自己还活着。内心斗争了一个星期,他终于解决了全部令他心绪不宁的问题,打算听天由命,接受上天赐予他的意外的幸福。二十四小时里,他的状况就发生了彻底的变化,连最悲观的医生都敢向德·马利维尔夫人保证,她儿子的生命没有危险。又过了不久,高烧退了,他进入极度虚弱的状态,几乎话都说不动。

奥克塔夫活过来之后,感到惊异不止,他觉得一切都变了。

"这次事件之前,我好像是个疯子,"他对阿尔芒丝说,"我时刻都在想您,这本来是件美事儿,可是,我却有从中自寻烦恼的本领。我那时的行为,不是去适应我在生活中所遇到的情况,而是还没有体验,就先给自己定下一个规则。"

"这就是坏的人生哲学。"阿尔芒丝笑着说,"所以我姨妈非要改变您的观点不可。你们这些明智的先生,傲慢得过了分,的确全是疯子。我真不明白我们为什么喜欢你们,因为,你们丝毫没有快乐的情绪。我还直怨自己,没有同一个轻率的年轻男子交朋友,听他开口闭口讲他的双人轻便马车。"

在头脑完全清醒的时候,奥克塔夫还责怪自己违背了誓言,对自己的估价也就降低了一点。他这个人,一生没有向任何人倾吐胸臆,现在有话都可以对阿尔芒丝讲,甚至他热恋她而产生的内疚也没有保留,这使他进入了一种幸福美满的状态,远远超过了他的全部期望,因此,他再也没有认真考虑恢复过去的偏见和忧伤。

"我那时下决心永远不要爱情,是把一项人力不及的任务强加在自己头上,所以我一直非常痛苦。这种可怕的状态持续了五年之久!我发现了一颗心,从前我万万想不到,世上还会存在这样一颗心。偶然的机缘,扼制了我的疯狂,使我遇到幸福;对此我还有点恼火,几乎要发怒哩!我这样做,有损什么人格呢?谁了解我的誓愿,责备我违背了呢?不过,忘记自己的誓言,是非常可鄙的习惯。自己一想起来就脸红,这难道是小事吗?其实,这就是恶性循环;我不是给自己找出极好的理由,来推翻十六岁少年时立下的这个轻率誓言吗?存在一颗像阿尔芒丝这样的心,一切都好办了。"

不管怎么说,长期的习惯就有支配人的力量:奥克塔夫只有在他表妹的身边,才感到非常幸福。他需要表妹陪伴他。

阿尔芒丝的幸福心情有时被一种疑虑所扰乱。昂迪依树林之夜过后,促使奥克塔夫逃避她、准备离开法国的动机,她认为表兄并没有完全向她说清楚。她觉得自己要是提出问题会有损自己的尊严。不过有一天,她还是态度相当严厉地对奥克塔夫说:"我感到内心有一种倾向,就是对您怀着深厚的友谊。您若是想让我听任这种倾向发展,就必须消除我的担心,保证头脑里不再产生什么怪念头,突然把我抛弃。您要答应我,不把您的全部情由告诉我,您绝不离开我同您在一起的地方,无论我们是在巴黎,还是在昂迪依。"奥克塔夫答应了。伤后两个月,奥克塔夫能够起床了。德·博尼维夫人身边没有阿尔芒丝，深感不便，就向德·马利维尔夫人讨回她。阿尔芒丝这一走，倒叫德·马利维尔夫人很高兴。

人们在亲密无间的朝夕相处中，在忍受巨大痛苦折磨的时候，往往不能相互细心观察。这样，过分客套的引人注目的外表就不易于为人觉察，而心灵的真正品质便占了上风。这位年轻的女亲戚没有财产，又是个外国姓氏，因此，德·苏比拉纳骑士甚至有时德·马利维尔先生，同她讲话时，就有点像对待一名伴娘，而且，骑士称呼她的姓氏，发音总是故意不准。

德·马利维尔夫人十分担心，就怕奥克塔夫发觉这种情况。他尊敬父亲，自然不会说什么，可是，他对待德·苏比拉纳先生的态度，只会更加傲慢，骑士的自尊心受到损害，一定会散布流言蜚语，诋毁阿尔芒丝，进行报复。

那些闲话可能会传到奥克塔夫的耳中，以他那样暴躁的性格，德·马利维尔夫人预料会发生最难堪的场面，甚而会发生最难遮掩的场面。她想的未免过多，幸亏没有出任何事情，奥克塔夫也没有发觉什么。阿尔芒丝巧妙地挖苦几句马耳他骑士，在德·苏比拉纳先生面前便恢复了均势；她说在最近的战事中，马耳他骑士同土耳其人鏖战，而俄国军官却一举拿下了伊斯马伊洛夫城，尽管他们的姓氏在历史上没有多大名气。

德·马利维尔夫人事先就为她的儿媳妇的利益着想，担心她没有财产，出身不是名门，进入上流社会处境十分不利，所以先向几个亲密的朋友吐露些真情；这样，德·苏比拉纳先生的虚荣心万一受到伤害，说出什么闲话来，也会不攻自破。这些预防措施虽说过分，也许不无道理。不过，自从骑士在他妹妹领到赔偿的财产后，便到交易所搞投机，他自称"万无一失"，结果却损失巨大，也就顾不上怨恨了。

阿尔芒丝走了，奥克塔夫此后见到她，总是有德·博尼维夫人在场，因此，他又产生了一些忧郁的念头，重新想起他过去的誓言。他手臂上的伤处始终疼痛，有时甚至引起高烧，几位医生建议他到巴雷日温泉去疗养。但是，杜克雷尔先生的医道高明，根据每个病人的情况做不同的处理，认为奥克塔夫只要到空气新鲜的环境里，就可以康复，因此吩咐他到昂迪依山丘上去度过秋天。

奥克塔夫非常珍视这个地方，第二天就在这里住下来，他倒不是抱着重新见到阿尔芒丝的希望，因为德·博尼维夫人早就说过，她们要到普瓦图省去旅行。德·博尼维夫人用了很多钱去修复那里的古堡。从前，就在那座古堡里，博尼维海军司令荣幸地接待了弗朗索瓦一世。德·博尼维夫人此行，自然要有德·佐伊洛夫小姐的陪同。

侯爵夫人得到秘密通知，她丈夫不久就要晋升为圣殿骑士[①]；前国王曾许诺给德·博尼维先生授勋。然而，普瓦

---

[①] 圣殿骑士团由亨利三世于一五七八年组成，一七八九年被取缔，一八一四至一八三〇年又恢复。它起初是天主教的军事宗教修会，后来成为荣誉称号。

图的建筑师不久写信来说雇不到工人,侯爵夫人目前去那里毫无意义。奥克塔夫到达昂迪依刚刚几天,德·博尼维夫人也去那里住下来。

## 二十四

德·博尼维夫人考虑到,仆人住在阁楼里,闹闹哄哄的,可能会妨碍奥克塔夫的休息,就让他们住到附近一个农夫家里。可以说,正是在对这类具体问题的处理上,侯爵夫人显示了她的才能,表现出十分和蔼可亲的态度,而且善于非常巧妙地运用她的财富来扩大她的为人精明的威望。

德·博尼维夫人的社交圈子的基础,是由这样一些人物组成的:他们在四十年当中,只做绝对适宜的事情,他们发起一种风尚,随后又大惊小怪。他们声称德·博尼维夫人为了陪伴她的密友德·马利维尔夫人,自己做出了牺牲,没有到她的庄园去,而是留在昂迪依过秋天,因此,对于所有富于同情心的人来说,去分担她的孤独,是责无旁贷的。

且看这种孤独达到了什么程度:侯爵夫人的朋友们蜂拥而至,她为了安排他们的住处,不得不借用半山腰上小村庄的一些农舍,吩咐人把房间糊上墙纸,放好床铺。按照她的吩咐，村庄里有一半房子很快修整一新，住上了人。人们都争抢着要来住，纷纷从巴黎四郊的所有古堡给她写信，想讨一个房间。前来陪伴这位令人仰慕的侯爵夫人，一时成了情理之中的事，因为她在照顾可怜的德·马利维尔夫人。九月份，昂迪依盛况空前，真像一处温泉疗养地。这种风尚，也应当传到宫廷里去。"我们若是有二十位像德·博尼维夫人这样才华出众的女人，恐怕就可以住到凡尔赛去了。"有人这样说。这样一来，德·博尼维先生的勋位也就有了保证。

奥克塔夫从来没有这样幸福过。当克尔公爵夫人认为这十分自然，她对人说："在一定程度上，奥克塔夫可以认为，他是昂迪依整个这次变动的中心；上午，每一个人都派人来探询他的身体状况，对他这种年龄的人来说，有什么比这更得意的呢！这个小青年真是踌躇满志，"公爵夫人又说，"他的名声要传遍巴黎，他的放肆态度又要增加一半。"奥克塔夫之所以感到幸福，恰恰不是这个原因。

不久前，他引起可爱的母亲极大的担心，现在却看到她非常幸福。儿子刚刚迈进上流社会，就这样引人注目，这确实令她欣慰。自从奥克塔夫取得这些成功以来，德·马利维尔夫人开始正视儿子的问题，看出他的才能别具一格，没有模仿知名人物的地方，因此需要时尚的巨大影响的支持。不借助这种力量，他就会默默无闻。

这个时期，德·马利维尔夫人最大的一件快事，就是她同大名鼎鼎的 R 王爷谈了一次话。R 王爷到昂迪依古堡来住了一天一夜。

这位朝臣极为聪敏,他的看法,都被上流社会奉为至理名言。他刚到昂迪依,就似乎注意到奥克塔夫。

"夫人,您也像我一样观察到了吗?"他对德·马利维尔夫人说,"您的儿子从来不讲一句拾人牙慧的话,而这正是我们这样年龄的人的可笑之处。他绝不带着记在脑中的套话到一个沙龙去,他的才智取决于别人使他产生的看法。因此,愚蠢的人有时对他非常不满,都不赞成他。只要人们引起德·马利维尔子爵的兴趣,他的才智就好像从他的心里,或者从他的性格中迸发出来,我觉得这是一种最杰出的性格。夫人,在我们这个世纪的人身上,性格是一个衰退了的器官,您没有感觉出这一点吗?我认为令郎将来肯定能担负起特殊的职务。他在他的同辈人中,恰好具有最难得的才智:他是我认识的头脑最充实的人。我希望他早日进入贵族院,不然,您就把他培养成行政法院审查官。"

"可是,"德·马利维尔夫人听到她儿子得到这样一位高明人的称许,高兴得几乎透不过气来,说道,"奥克塔夫的成功极其平常啊。"

"这又是一个好条件,"R先生微笑着又说,"也许要过上三四年,这个国家的傻瓜才会了解奥克塔夫,因此,在引起嫉妒之前,您就可以把他推到他的职位旁边了。我只向您提出一点:千万不要让令郎发表文章,他出身太高贵,不适于做这种事情。"

按照这种预卜，德·马利维尔子爵的前途是很辉煌的。不过，他要做出很大努力，才无愧于这种预卜；他还必须克服许多成见。就拿他憎恶人这点来说，在他的心灵里就根深蒂固：高兴的时候，他躲避别人；痛苦的时候，他看见别人更烦。他很少想办法改掉这种毛病，换成宽厚待人的态度。他要是真能做到这一点，早就在无止境的野心的推动下，到人群中去，到能以最大的牺牲换取荣耀的地方去了。

我们叙述的那个时期，奥克塔夫根本没有指望什么锦绣的前程。尽管R王爷做出预言，德·马利维尔夫人却很明智，没有向儿子谈起他那不同凡响的未来，只有同阿尔芒丝在一起的时候，她才敢尽情地谈论这种预言。

阿尔芒丝有一种高超的本领，能把世人给奥克塔夫造成的烦恼全部排解开。现在，奥克塔夫有什么烦恼都敢告诉她了，他的古怪性格越来越叫她惊奇。有些日子，奥克塔夫听到最不相干的话，也还是往坏处想。在昂迪依，人们经常谈论他。"人一旦出了名，随之而来的后果是什么滋味，您现在该尝到了，"阿尔芒丝对他说，"有人讲了您许多蠢话。一个本来愚蠢的人，能说他仅仅因为荣幸地议论您，就会讲出有头脑的话吗？"对于一个疑心重重的人来说，这种考验是很古怪的。

阿尔芒丝要求，奥克塔夫在社交场合无论听到什么刺耳的话，都必须马上不折不扣地告诉她。她毫不费事地向他证明，别人讲那些话并不是影射他，即便怀有恶意，也不超出人与人之间的通常关系。

奥克塔夫不再出于自尊心而对阿尔芒丝保密了，这两颗年轻的心达到了无限信任的境地，也许是这种信任使得爱情无比甜美迷人。他们不管谈论世上的什么事情，都要暗暗做番对比：谈的是同样的事，几个月前，他俩还十分拘谨，现在却相互信赖得多么喜人。甚至那种拘谨，也证明了他俩的友谊既久且深；当时尽管拘谨，他俩还是感到幸福，那种情景现在还记忆犹新。

到达昂迪依的第二天，奥克塔夫仍然抱有希望，认为阿尔芒丝可能会来。他借口有病，待在古堡里不出去。没过几天，阿尔芒丝果真同德·博尼维夫人来了。奥克塔夫经过安排，恰恰在早晨七点钟第一次出来散步，因而在花园里遇见阿尔芒丝，他把表妹领到他母亲房间窗下的一棵橘树旁边。正是在这里，几个月前，阿尔芒丝听他讲了一些奇怪的话，十分伤心，晕过去了一会儿。她认出了这棵树，微笑起来，靠在培植箱上，合上双眼。那天，她出于对奥克塔夫的爱，听了他的话昏了过去；现在除开脸色苍白这一点，她几乎同那时一样的美。奥克塔夫强烈地感到如今与当时的处境多么不同。他又认出了这个钻石小十字架，它是阿尔芒丝从俄国收到的，是她母亲留下的一份念心儿。平时，小十字架藏在衣裳里看不见，这会儿，阿尔芒丝的身子动了一下，它便露了出来。奥克塔夫一时昏了头，就像在阿尔芒丝晕过去的那天一样，他拉住她的手，冒昧地用嘴唇碰了碰她的脸蛋儿。阿尔芒丝霍地站起来，满脸通红，她严厉地责备他不该开这种玩笑。

"您想要惹我讨厌吗？"她对奥克塔夫说，"您想要逼得我出来非带个使女吗？"

因为奥克塔夫的这一冒失举动，两个人闹了好几天别扭。不过，他俩情深意笃，极少发生这类争执。奥克塔夫要有什么行动，首先考虑的不是自己快活不快活，而是竭力揣测阿尔芒丝能否从中看出来，那是他忠诚的一次新的体现。

晚间，德·博尼维夫人在家里邀集了巴黎最著名最有影响的人物，奥克塔夫和阿尔芒丝待在无比宽敞的客厅的两端。奥克塔夫要回答一个问题，往往就用阿尔芒丝刚讲过的一句话，阿尔芒丝一听便听出来，他的兴趣全放在对这句话的重复上，忘记了他所讲的有什么意味。就这样，在这个最惬意、最活跃的社交圈子里，他俩不约而同地建立起自己的交流方式，它不是一种单独的对话，而是像一种回声，虽然没有表示任何明确的意思，却似乎在谈论着完美的友谊、无限的情感。

十八世纪是太平盛世，没有任何令人憎恨的地方；当今以为继承了十八世纪的繁文缛节，我们能贸然指责这种礼节有点呆板吗？

我们国家的文明这样先进，它的每一项活动，不管多么无足轻重，总能向你提供一个楷模，让你效法，或者，至少让你批评。在这样的文明中，无限忠诚与真挚的感情，差不多能带来完美的幸福。

古堡的底层都住上了人。阿尔芒丝只有早晨在古堡窗前的花园里散步时，或者在德·马利维尔夫人的房间里，当着夫人的面，才能同表哥单独见面。不过，这个房间很大，窗户对着花园，德·马利维尔夫人身体又不好，常常需要安静地休息一会儿，她就让她的孩子们到窗洞去说话，免得吵她；她总是把他们称为她的孩子们。白天，他们生活得安安静静，亲亲热热，到了晚上，就参加社交活动。

除了住在村里的客人之外，还有许多车辆从巴黎赶来，吃完夜宵再回去。这些欢乐的日子倏忽而过。奥克塔夫和阿尔芒丝毕竟年轻，根本没有想到他们享受的幸福是尘世上最难得的，反而以为还有许多事情可以期望。由于缺乏阅历，他们没认识到这种幸福的时刻只能非常短暂。这种充满感情、没有丝毫虚荣与野心的幸福，充其量只能存在于穷苦的、不与任何人来往的家庭里。然而，他们生活在上流社会，年龄只有二十岁，平时形影不离，又极不谨慎，让别人瞧出来他们非常幸福。他们无忧无虑，很少考虑上流社会。上流社会必然要进行报复。

阿尔芒丝根本没有想到这种危险，她有时候心绪不宁，也无非觉得必须重新立誓，今后无论发生什么情况，决不接受表哥的求婚。德·马利维尔夫人心里倒很平静，她相信她儿子现在的生活方式正在孕育着一个她热切期望的事件。

多亏了阿尔芒丝，奥克塔夫的生活里才有这么多幸福的日子。但是，阿尔芒丝不在眼前，他有时候就特别忧郁，思考着他的命运,终于做出这样的推论:"对我最为有利的幻想,在阿尔芒丝的心中起着主导作用。我所干的最荒唐的事情,全可以告诉她,她非但不会鄙视我,憎恶我,反而会同情我。"

奥克塔夫告诉他的女友,他在少年的时候,特别喜欢偷东西。他还大肆发挥想象力,说这种怪癖的后果会如何不堪设想。阿尔芒丝听了他说的那些令人生厌的细节,吓得面无人色;这种供认扰乱了她的生活,她常常陷入沉思,引起了别人的攻击。可是,得知这个离奇的秘密后刚过一周,她就又可怜起奥克塔夫来,如果可能的话,对他更加亲热了。她心中暗道:"他需要我的安慰,才能饶恕他自己。"

经过这次考验,奥克塔夫确信他所爱的人对他无限忠诚,因此,他再也用不着掩饰他忧郁的念头,在交际场上显得更加和蔼可亲了。在他生命垂危、吐露爱情之前,他是一个才智横溢、非常出众的年轻人,但是谈不上可爱,主要是那些终日愁眉苦脸的人欢喜他,因为在他们看来,他是受命每天做大事的人。在他的举止中,责任观念表现得非常明显,有时简直给他换上一副英国人的面孔。在上流社会年长人的心目中,他的愤世嫉俗,不过是高傲、任性,要逃避他们的控制。那时候,他要是当上贵族院议员,人家就会把他捧出名。

有些年轻人根底很好,有朝一日能成为最令人爱慕的人,然而,他们的才具往往缺乏痛苦的磨炼。奥克塔夫受业于这位可怕的老师,刚刚经过了陶冶;到了我们叙述的这个时期,年轻子爵的俊美相貌,他在上流社会中令人瞩目的地位,可以说都达到了完美的程度。德·欧马尔夫人、德·博尼维夫人，以及年长的人，都争着夸奖他。

德·欧马尔夫人说得对，奥克塔夫是她见到的最有吸引力的男子。"因为，他从来不叫人厌烦，"德·欧马尔夫人轻率地说，"我在认识他之前，想都没想到世上还有具备这种长处的人；人主要追求的，就是开心呗。"听了这段天真的话，阿尔芒丝心中暗道："尽管他在别处那么受欢迎，可是我呢，我却不肯让他握我的手，这是一种职责。"她叹了口气，又思忖道："我永远也不能违背。"有几天晚上，奥克塔夫默默无语，只瞧着阿尔芒丝在他眼前活动，尽情享受着这种最完美的幸福。但是，奥克塔夫的这种情状，德·欧马尔夫人的眼睛可没有放过，她面有愠色，恼的是奥克塔夫没有陪她说笑；阿尔芒丝的眼睛也没有放过，她心里乐不可支，喜的是她所爱慕的男人眼里只有她一人。

晋升为圣殿骑士的事，看来推迟了。德·博尼维夫人的行期又提到日程上来，她要到普瓦图省的古堡去，那是给博尼维家族带来荣名的地方。一位新人物要随同旅行，那就是德·博尼维骑士先生，他是侯爵先生同前妻所生的最小儿子。

## 二十五

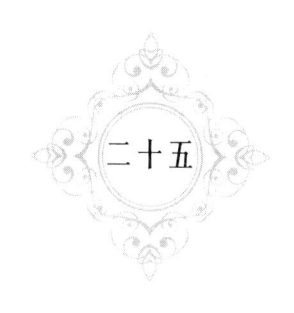

> 世人皆愚。
>
> *匈牙利国王* ①

大约在奥克塔夫受伤的那个时期,从圣阿舌尔来了一位新人物,加入侯爵夫人的社交圈子,他就是她丈夫的第三个儿子,德·博尼维骑士。

假如在前朝的制度下,父母就会让他进入主教派教会了。世情虽然发生了很大变化,可是,他家庭所保存的一种习惯,既使外人相信,也使他自己相信,他应该许身给教会。

这位年轻人刚刚二十岁,在别人的眼里就显得学识渊博,尤为突出的是,他表现出来的智慧,远远超过他那年龄所能

---

①原文为拉丁文。这是奥地利皇帝弗朗索瓦二世(1768—1835)在普列斯堡召开的宗教会议上开幕词的第一句话。当时,他是以匈牙利国王的身份召开那次会议的。

表现的。他身材短小,生着一张没有血色的胖脸,总而言之,他有点教士的派头。

一天傍晚,仆人送来《星报》。报纸只有一张纸条卷着,而纸条却松了,显然门房看过这份报了。"这种报纸也如此!"德·博尼维骑士不禁高声说,"本来可以再用一张纸条,同这张纸条交叉着卷起来;可是,为了节省区区一张纸条,就不怕老百姓看到这种报,好像老百姓生来能看懂似的!好像老百姓能辨别好坏似的!别人看到保皇派的报纸都这样干,雅各宾派的报纸又该如何呢?"

这段雄辩生动的话,虽是无意当中讲出来的,却给骑士增光不小。昂迪依社交场上的年长者,以及所有志大才疏的人,当即都同他投契了。那位沉默寡言的黎塞男爵,读者大概还记得吧,这次他严肃地站起身来,一句话也没讲,走过去拥抱骑士。他的这一举动给客厅造成的庄严气氛,一直持续了好几分钟。德·欧马尔夫人觉得很开心,便把骑士叫到面前,尽量引他讲话,并且在一定程度上,使他处于自己的庇护之下。

所有的少妇纷纷效法德·欧马尔夫人的行为,把骑士当作奥克塔夫的对手。其时,奥克塔夫受了伤,正在巴黎他自己的府上休养。

人们很快发觉,德·博尼维骑士尽管年轻,身上却有一种排斥力,他很古怪,对我们大家有兴趣的事物一概没有好感。这个年轻人,将来一定会与众不同;看得出来,他有一种根深蒂固的看法,对世上的一切都非常鄙夷。

就在他贬低《星报》,出了风头的第二天早晨,德·博尼维骑士见到德·欧马尔夫人,劈头责备了她一通,那情景,同达尔杜弗①要送给道丽娜一条手帕,让她遮住"人们不该看的东西"的场面,可以说差不多。德·欧马尔夫人谈到一次宗教列队仪式,不知道讲了什么轻率的话,招来了德·博尼维骑士的一顿严厉斥责。

年轻的伯爵夫人连忙进行反驳,非要他把话收回去不可,这一可笑的举动实在令她开心。"跟我的丈夫一模一样,"伯爵夫人心想,"多可惜呀,可怜的奥克塔夫不在这儿!要不然,我们真可以笑个痛快!"

德·马利维尔子爵受到称赞,他的名字挂在所有人的嘴边,德·博尼维骑士对此尤为反感。奥克塔夫来到昂迪依,重新在社交场上露面。骑士以为他爱上了德·欧马尔夫人,因而自己也打定主意,要热烈追求美丽的伯爵夫人,在她面前表现得十分可爱。

骑士说不上几句话,就要引用法国与拉丁文学的大作家、大诗人的杰作,好显得他才华横溢。德·欧马尔夫人所知不多,便让骑士给她解释,觉得这比什么都有趣。骑士的记忆力确实惊人,对他十分有用,他随口就可以引出拉辛②的诗句,

---

① 达尔杜弗是个伪君子,他同道丽娜都是莫里哀喜剧《伪君子》中的人物。
② 拉辛(1639—1699),法国著名诗人、悲剧作家。

或者他要叫人回想的波舒哀①的话，点明他的引语同话题有什么关系，讲得透彻而高雅。在德·欧马尔夫人看来，他讲的一切既新颖，又动人。

有一天，骑士说："权力带来的全部乐趣，《潘多拉报》②的一篇小文章就能把它破坏。"这句话听来非常深刻。

德·欧马尔夫人非常钦佩骑士，可是，仅仅过了几个星期，她就害怕他了。她对骑士说："您给我的感觉，就像我在密林深处一个僻静的地方碰见了一条毒蛇。您越有智慧，对我的危害力就越大。"

还有一天，她对骑士说，她敢打赌，唯有他骑士才领会了这条伟大的原则：人的语言，是为了掩盖自己的思想。

骑士也博得了社交界其他人的极大称许。譬如说，他离开父亲，在圣阿舌尔、布里格，以及别的地方度过了八年——有些地方连侯爵本人都弄不清楚，可是回到老人身边后还不到两个月，他就完全控制了老人的思想，而他父亲当时还是老谋深算的朝臣之一。

长期以来，德·博尼维老先生忧心忡忡，唯恐法国的复辟王朝也落到英国王朝的下场。不过，近一两年来，恐惧把他变成了一个名副其实的吝啬鬼。因此，人们看到父亲给儿子三万法郎，捐给耶稣会修建一些寺院，都感到非常诧异。

在昂迪依有四五十名仆役，他们的主人作为侯爵夫人

---

①波舒哀（1627—1704），法国作家，曾任大主教职。
②当时出版的小报。潘多拉是希腊神话传说中人类的第一个女人。

的朋友,有的住在古堡内,有的住在修整一新的农舍里。每天晚上,德·博尼维骑士都和那些仆役一同祈祷。祈祷完了,他总是即兴劝诫,话虽不多,但讲得非常精彩。

晚祷在橘树林里进行,老妇人渐渐被吸引去了。骑士让人在那里摆上鲜艳的花,而且经常换上新的,那是由巴黎送去的。这种虔诚严厉的劝诫,很快引起了普遍的兴趣,它同虚掷晚上的时光的生活方式,形成了鲜明的对照。

德·苏比拉纳骑士声称是这种方式的最热烈的拥护者,他认为这可以把必然在大人物周围的下人引回到正确的原则上,因为,他补充说,在第一次出现恐怖制度①的时候,他们的行为残暴极了。这是德·苏比拉纳先生的一种说法,他到处宣扬,十年之内如果不恢复马耳他会与耶稣会,就会有第二个罗伯斯庇尔出世。

德·博尼维夫人也不例外,把自己信得过的仆人派去参加她丈夫前妻所生的儿子组织的祈祷。仆人回来说,有些仆人曾经私下对骑士说他们缺钱花,他便散钱给他们,德·博尼维夫人听了很奇怪。

晋升圣殿骑士一事看来推迟了。德·博尼维夫人宣布说她的建筑师从普瓦图来函告诉她,已经招募到了足够的工人。于是,她与阿尔芒丝准备启程。德·博尼维骑士也宣布,他打算陪同继母去博尼维采邑,以便重睹那座古堡——他的

---

① 指法国一七八九年资产阶级大革命时,雅各宾党建立起来的制度。

家族的摇篮。对于他的这种打算,德·博尼维夫人不甚满意。

骑士看出来他继母讨厌与他同行,越是如此,他越要陪她走这一趟。他希望追随他祖先的光荣,向阿尔芒丝炫耀炫耀,因为,他早就注意到阿尔芒丝是德·马利维尔子爵的朋友,他很想把她从子爵的手中夺过来。这项计划酝酿了很久,直到实施的时候才显露出来。

年轻人和上流社会中严肃的人,都对德·博尼维骑士有好感。他施展手腕,在离开昂迪依之前,引起奥克塔夫的很大妒意。阿尔芒丝走后,奥克塔夫甚至想到,很可能德·博尼维骑士就是那位神秘的未婚夫,由她母亲的一位老友做的红媒,因为他对阿尔芒丝显出一副无限尊重、无限敬佩的样子。

阿尔芒丝与奥克塔夫依依惜别,他们俩心中都疑虑重重,十分痛苦。把奥克塔夫丢在德·欧马尔夫人的身边,阿尔芒丝确实放心不下,可又不好让他给自己写信。

在这段痛苦的分离期间,奥克塔夫别无他法,只能给德·博尼维夫人写了两三封信。信写得非常优美,但语气却很特殊。若是让这个交际圈子以外的一个人看到,那他准以为奥克塔夫狂热地爱上了德·博尼维夫人,而又不敢向她表白。

在这一个月的分离期间,德·佐伊洛夫小姐可以严肃地思考些问题了,不会再像同她朋友生活在一起那样,每日见他三次,幸福得静不下心来。她的举止虽然完全端庄,但是,她不能回避一点,就是当她凝视她表兄时,眼睛的神色是不难看出来的。

旅途中,德·博尼维夫人的使女们闲聊,让阿尔芒丝偶然听到了几句,气得她淌了不少眼泪。那些使女,同所有接近高贵人物的人一样,眼睛所见,到处都是金钱利害关系,因此她们认为,阿尔芒丝表现出来的情感也出于这种动机。她们说,她是想当德·马利维尔子爵夫人。对于一个出身寒微的可怜的小姐来说,能当上子爵夫人真算是有福气了。

阿尔芒丝绝没想到,自己会受到这样的中伤。"我成了一个道德败坏的姑娘了,"她心中暗道,"我对奥克塔夫的感情,不仅惹人猜疑,在别人的眼中,这恐怕还不是我最大的过错。我同他生活在一个府中,他要是娶了我,就不能不……"从这一时刻起,阿尔芒丝不再考虑任何道理,脑子里只有遭人中伤这个念头,她的生活也变得黯然了。

有些时候,她觉得把对奥克塔夫的爱情也置于脑后了。"我这种地位的人,同他结婚不妥,我不能嫁给他,"她想道,"应该远远离开他。如果他把我忘了,这是很可能的,我就进修道院去结束我的余生。我的后半生,在那种幽静的地方度过是非常合适的,这也完全符合我的愿望。我在那里思念他,了解他所取得的成功。有多少人像我将来一样,靠回忆上流社会打发日子啊。"

阿尔芒丝的这些预见是对的。然而,想到博尼维府的上上下下,还有奥克塔夫府上的人,仅仅凭一点表面上的道理,竟诋毁这样一个少女,她怎能不感到可怕;这给阿尔芒丝的生活蒙上一层阴影，无论怎样也无法驱散。她把她在昂迪依的生活方式，称为她的过错。有时，她极力避免去想她的过错，便又想起了德·欧马尔夫人，并且不知不觉地夸大了伯爵夫人的和蔼可亲的形象。从德·博尼维骑士的社交圈子里，阿尔芒丝越发看出，冒犯了上流社会而可能受到它的一切危害，比实际表现的还要难以消除。临离开博尼维古堡那段时间，阿尔芒丝天天晚上哭泣。她姨妈发现她闷闷不乐，心里很恼火，在她面前也有所流露。

阿尔芒丝在普瓦图逗留的时候，就得知发生了一个变故，但是她并没有放在心上。她有三个叔父，都还年轻，在俄国供职，在那个国家发生动乱期间，全部自杀身亡。俄国当局一直封锁他们死亡的消息，但是，有几封信未被警察截获，几个月后终于转到德·佐伊洛夫小姐手中。她继承了一笔相当可观的财产，这使她同奥克塔夫可以般配了。

这个事件并没有消除德·博尼维夫人的不快，因为她少不了阿尔芒丝。这个可怜的姑娘说她更喜欢德·马利维尔夫人的沙龙，这便招来了一句恶狠狠的话。贵妇人不见得比那些庸俗的阔女人更恶毒，但是，她们更容易受到触犯，恕我冒昧地这样讲，她们听到不入耳的话，记恨更深，更难饶人。

一天早晨，德·博尼维骑士仿佛提起一条过了时的新闻似的，漫不经心地告诉阿尔芒丝说，奥克塔夫的身体不好了，他的胳膊上的伤口破裂，病情令人担心。阿尔芒丝听了，登时觉得自己不幸到了极点。自从阿尔芒丝走后，奥克塔夫觉得事事不顺心，在客厅里常常感到烦闷，出去打猎，又冒冒失失，造成了严重的后果。事情是这样的：他产生了一个念头，想拿一支很轻的枪，用左手射击，试了几下挺成功，因此劲头更大了。

有一天，他追捕一只受伤的小山鹑，跳过一道沟去，胳膊碰到了一棵树上，伤口破裂，又发起烧来。在发烧以及随后的病痛期间，他觉得他在阿尔芒丝眼前享受的幸福，可以说是人为的，仿佛只是一场春梦。

德·佐伊洛夫小姐终于返回巴黎；第二天，这对情侣就在昂迪依古堡重新见面。可是，两个人都郁郁不快，这种忧伤最难排解，因为是由相互猜疑引起来的。阿尔芒丝不知道该用什么口气和她表哥说话，结果，头一天见面，两个人几乎没说什么。

德·博尼维夫人在普瓦图那里，正兴致勃勃地建筑哥特式钟楼，以为这样就能重建十二世纪，德·欧马尔夫人这边则进行了一次有决定意义的活动，终于使德·博尼维先生的夙愿得以实现。这样一来，她成了昂迪依的英雄。对于一位如此有用的朋友，德·博尼维夫人当然舍不得放走，于是要德·欧马尔夫人答应，在自己出门旅行期间，继续留在昂迪依古堡，住到城堡顶楼的一小套房间里，那套房间离奥克塔夫的房间很近。大家都看出来，德·欧马尔夫人念念不忘的是，奥克塔夫在某种程度上是为了她而受伤发烧的。在那次事件中，德·克雷夫罗什侯爵送了命，如今再重提旧事，无疑是非常无趣的。然而，德·欧马尔夫人情不自禁，还是经常要涉及这件事，这是因为上流社会的习俗对于敏感心灵的作用，同科学对思想的作用差不多。她的性格完全是外露的，一点也不好空想，碰到实实在在的事情，特别容易受感动。回到昂迪依不过几个小时，阿尔芒丝就有了个强烈的印象，德·欧马尔夫人的心性，别看平素那样轻浮，现在却能反复吟味同样的念头。

阿尔芒丝回来的时候，情绪十分怅惘，十分气馁。她平生第二次感到，自己正经受一种可怕情感的冲击，特别是在这种情感和她心灵中遵守礼仪的美好感情相遇的时候，更有这种感觉。阿尔芒丝认为，她在这方面应当严厉地责备自己。"我必须严密地监视自己。"她这样想着，把凝视着奥克塔夫的目光从他身上移开，落到出众的德·欧马尔夫人的身上。伯爵夫人的每一个可爱之处，阿尔芒丝都深深感到自愧不如。"奥克塔夫怎么会不喜欢她呢？"她心想，"我本人就觉得她挺可爱。"

这样苦恼的情绪，再加上阿尔芒丝虽然由于错觉而产生的，但是同样可怕的愧疚心理，使她对待奥克塔夫确实很不客气，在回古堡的第二天，她没有按照过去的习惯，一早下楼到花园去散步，而她明明知道奥克塔夫在那里等她。

白天，奥克塔夫有两三次同她搭讪。可是，她一想到大家都在观察他俩，心虚气短到了极点，一动也不动，勉强回答了几句。

当天吃晚饭的时候,大家谈起阿尔芒丝偶然得到的财产,她却注意到,奥克塔夫一句也不提这件事,显然他不欢迎这条消息。这句没有讲出来的话,她表哥如果对她讲了,可能在她心中引起的乐趣,还不及他的沉默给她造成的痛苦的百分之一。

奥克塔夫并没在听别人的议论,心里只想阿尔芒丝回来后对待他的那种古怪的态度。"不用说,她不爱我了,"他思忖道,"要不然,就是同德·博尼维骑士最后订了婚约。"别人提起阿尔芒丝继承遗产的话题,奥克塔夫毫无反应,这又给可怜的姑娘开了一条新的、巨大的痛苦源流。对这笔从北方不期而至的遗产,她第一次严肃地考虑了许久,认为奥克塔夫要是爱她,这笔遗产原可以使她与奥克塔夫差不多门当户对的。

阿尔芒丝在普瓦图的时候,奥克塔夫想找个借口给她写封信,便把一本关于希腊的小诗集送给她。那是德·博尼维夫人的一位英国朋友,内尔孔伯夫人刚刚发表的,在法国只有两本,大家都纷纷评论。小诗集带回来的时候,要是在客厅里一出现,就会有许多不识趣的人想要截取下来。因此,奥克塔夫请求表妹把书送到他的房间。阿尔芒丝非常胆怯,没有勇气把这样一件差事交给使女去做,她自己登上古堡的三层楼,将那本英文小诗集放在奥克塔夫房门的把手上,认为他回来开门时准能发现。

奥克塔夫心乱如麻,他看出阿尔芒丝决意不肯同他讲话,自己也就没有兴致同她搭讪了,十点钟还不到他就离开了客厅,心里千头万绪,凄苦难言。人们在客厅里谈论政治,枯燥得要命,德·欧马尔夫人也很快听厌了,没到十点半,她说了句头痛,就回自己房间去了。"奥克塔夫和德·欧马尔夫人,大约一道散步去了。"大家都这样想。阿尔芒丝有了这种想法,脸马上失去血色,她随即又责备自己这样痛苦,有失检点,对不起她表兄对她的尊敬。

第二天清晨,德·马利维尔夫人需要一顶帽子,而使女不在身边,上村子里去了,阿尔芒丝正好在侯爵夫人的房间里;她急忙朝放帽子的屋子走去,半路上要经过奥克塔夫的房间。突然,她像遭了雷击一样定在那里,原来她发现那本英文诗集还在门把手上,依然在她昨天傍晚放的那个位置上,没人动过,显然奥克塔夫没有回过房间。

这是千真万确的。奥克塔夫不顾最近胳膊上伤口破裂,又去打猎了。为了一早起身,不被人发觉,他就到猎场看守那里过夜。他打算在十一点敲午饭钟的时候,回到古堡,这样就可以免得别人说他冒失,受到责备了。

阿尔芒丝回到德·马利维尔夫人的房间的时候,不得不说她身体不舒服。从这时起,她变了一个人。"我这是咎由自取,"她想道,"不应该处于虚假的地位上,这对一个年轻姑娘来说是非常不合适的。我最后弄得十分痛苦,连向自己坦然承认都不能。"阿尔芒丝重新见到奥克塔夫的时候,都没有勇气问一声他碰到了什么意外,没有看到那本英文诗集。她认为一问起来,就会显得不够自重。这第三天,比前两天还要阴沉。

## 二十六

看到阿尔芒丝态度的这种变化,奥克塔夫心中非常懊丧,甚至想以朋友的资格,去问出她究竟为什么忧虑;她忧形于色,奥克塔夫不可能有丝毫怀疑。还有一点他也看在眼里,就是无论散步还是待在客厅里,只要他俩有说句话的机会,德·博尼维骑士总是千方百计地从中拦阻。

有几次,奥克塔夫试探性地说了几句含蓄的话,也没有得到回答。要让阿尔芒丝倾诉内心的痛苦,放弃她强加给自己的完全克制的态度,只有使她深受感动才有可能。然而,奥克塔夫毕竟太年轻,自己也很痛苦,自然看不透这点,并加以利用。

德·苏比拉纳骑士到昂迪依来吃饭,傍晚雷电交加,大雨滂沱,别人把他留下,安排他睡在奥克塔夫的隔壁房间。其时,奥克塔夫搬到古堡的三楼也没多久。这天晚上,奥克塔夫试着想把阿尔芒丝逗得快活一点儿,他渴望看到她露出笑容，以便从中瞥见他俩昔日的亲密关系。然而事与愿违，他的快乐装得实在蹩脚，反倒惹起阿尔芒丝的反感。怎奈阿尔芒丝不搭腔，他只好把那套话说给在场的德·欧马尔夫人听，逗得她咯咯直笑，而阿尔芒丝却闷坐一旁，默默无语。

奥克塔夫又试着问了阿尔芒丝一件事，按说不是一两句回答得了的，而她却十分冷淡地搪塞了两句。显而易见，奥克塔夫失去了表妹的友情，他心灰意冷，当即离开客厅，到花园去透透空气，正巧遇见猎场看守，便对看守说，他第二天一早要去打猎。

德·欧马尔夫人看见客厅里只剩下一些面孔严肃的人，听他们谈话等于受罪，于是她也干脆走掉了。在不幸的阿尔芒丝看来，这第二次约会实在太明显了。她认为奥克塔夫口是心非，特别感到气愤。就在当天傍晚，奥克塔夫从一个房间到另一个房间去时，还对她说过几句非常温柔的话。阿尔芒丝跑回房间，拿了一本书，打算像放那本英文诗集那样，把它放在奥克塔夫的房门把手上。她沿着走廊朝奥克塔夫的房间走去，忽然听见他的房里有响动，原来房门开着，表兄正在收拾猎枪。给德·苏比拉纳骑士准备的房间有一个斗室，用来当作过道，斗室的门开向走廊。不幸的是，这扇门正敞着。正当阿尔芒丝朝前走的时候，奥克塔夫朝房门走来，仿佛要来到走廊上。阿尔芒丝觉得，这时要是让表兄撞见该有多难堪，于是急忙闪进那扇敞着的门里，她心想："等奥克塔夫一走，我就把书放好。"可是，自己竟敢做出这种事，实在是个大错误，她一想到这一点，就不禁心慌意乱，几乎无法按思路想下去了。

奥克塔夫果然走出房间，从阿尔芒丝藏身的那间斗室门前经过，但是，到了走廊尽头，他就停下了脚步，趴在窗口，吹了两声口哨，仿佛是打暗号。猎场看守正在厨房喝酒，没有回答；奥克塔夫就待在窗口。宾客们都在底层的客厅里，仆人全在地下室，古堡的这一部分幽静极了，阿尔芒丝的心怦怦乱跳，她一动也不敢动。再说，不幸的阿尔芒丝也无法回避这样的事实，奥克塔夫刚才是在打暗号；不管这种暗号怎样不符合女性，她还是认为这很可能是德·欧马尔夫人的选择。

奥克塔夫倚着的那扇窗户，正好在通往二楼的楼梯口，阿尔芒丝休想从那里下去。刚敲完十一点，奥克塔夫第三次吹起口哨，猎场看守还和仆人在厨房里，没有回答他。将近十一点半时，奥克塔夫回到卧室。

阿尔芒丝一生没做过这种一想就脸红的事，她心乱如麻，都挪不动脚步了。奥克塔夫显然是在打暗号，有人要回答他。否则，他过一会儿又要走出房间。古堡的钟敲了十一点三刻，接着，午夜的钟声响了。夜深了，阿尔芒丝越发感到内疚，她决定离开藏身的过道，这时，午夜的钟刚刚打完，她迈开步子走了。平时，她的步履非常轻盈，可是今天，她的心情特别慌乱，走路的脚步声很响。

她沿着走廊朝前走，猛然发现黑暗中有个人的身影，正伫立在楼梯旁的窗口,后边有夜空衬托着,她很快认出来那是德·苏比拉纳骑士。骑士的仆人去取蜡烛,他就等在那里。阿尔芒丝正一动不动地定睛瞧着,辨认出是骑士的当儿,仆人举着蜡烛开始上楼了,烛光已经照到走廊的顶上。

靠近楼梯的走廊角落里,立着一口大橱;阿尔芒丝如果头脑冷静,完全可以躲到大橱后面,那也许就可以安然无事了。可是,她已经惊呆了,耽误了两秒钟,这时仆人登上最后一级阶梯,烛光照到她的身上。骑士认出阿尔芒丝,嘴角立即浮现出一种恶毒的微笑;他早就怀疑阿尔芒丝同他的外甥私通,这回总算拿到了证据,与此同时,他也想出办法,要使两个人永远名誉扫地。

"圣皮埃尔,"他对仆人说,"那不是阿尔芒丝·德·佐伊洛夫小姐吗?"

"是的,先生。"仆人愣头愣脑地答道。

"小姐,我想,奥克塔夫好些了吧?"骑士问道,口气显得又挖苦,又粗鲁。

## 二十七

阿尔芒丝看到自己败坏了名誉,终身难于洗清,情人又对她不忠实,简直悲痛欲绝。她在楼梯的最末一级坐了片刻,随后打算去敲德·马利维尔夫人使女的房门。使女睡着了,没有回答。德·马利维尔夫人隐隐地感到不安,害怕儿子又病倒,于是拿起通宵点着的小油灯,亲自去把门打开,一见阿尔芒丝的面孔,她大惊失色。

"奥克塔夫出了什么事儿啦?"德·马利维尔夫人大声问道。

"没什么,夫人,奥克塔夫一点事没有,他的身体很好,只是我非常不幸,实在对不起,打扰了您的睡眠。我本来想先问问德里安太太,她若是说您还没有睡下,我才会来见您。"

"孩子,你称我为夫人,这更加深了我的忧惧。发生什么不寻常的事情了吗?奥克塔夫病了吗?"

"没有,妈妈,"阿尔芒丝失声痛哭道,"是我出了事,成了一个不名誉的姑娘了。"

德·马利维尔夫人把她让进屋,她就把刚才发生的事情讲述一遍,没有丝毫掩饰与隐瞒,甚至把她的妒意也和盘托出。阿尔芒丝经受如此巨大的痛苦,早已心力交瘁,根本没有力量隐瞒什么了。

德·马利维尔夫人也惊慌起来,突然,她有了个主意,高声说道:"不能再耽误时间了,我可怜的女儿,我心爱的女儿,把皮大衣拿给我。"她怀着母亲的全部的爱,一连亲吻了阿尔芒丝两三下,又说道,"把盘子里的蜡烛点着,你就待在这儿。"

德·马利维尔夫人急忙去找儿子,儿子的房门幸好没有上锁,她蹑手蹑脚地进去,把奥克塔夫叫醒,向他叙述了刚才发生的事情。

"你舅舅可能要把我们毁掉,"德·马利维尔夫人说,"看来他非那样做不可。你起来,到他的房间去,对他说我中风了。你能想点更好的话说吗?"

"是的,妈妈,如果阿尔芒丝这个天使还需要我,我明天就娶她。"

德·马利维尔夫人听了这句意外的话,觉得如愿以偿,亲了亲儿子;可是她转念一想,又说道:"你舅舅不喜欢阿尔芒丝,他可能要声张出去,即使他一口应承不向外讲,还有他的仆人呢,仆人会按照他的吩咐到处散布的,然后,他再为此将仆人辞掉。我看还是中风这个主意好。这出喜剧要折腾我们三天,当然很讨厌,可是,你妻子的名誉比什么都宝贵。记住,你一定要显得非常惊慌。通知了骑士后,你就马上到我的房间去,把我们的想法告诉阿尔芒丝,就说骑士在楼梯上遇见她的时候,我正在你的房间里,她是去找德里安太太的。"奥克塔夫跑去通知他舅舅,骑士还毫无睡意,神情讥诮地望着他,激动的心情一时间全化为恼怒。奥克塔夫离开德·苏比拉纳先生,又飞跑到他母亲房间。

"您不爱德·博尼维骑士,"他对阿尔芒丝说,"他不是您从前向我提的那位神秘的未婚夫,这怎么可能呢?"

"我讨厌骑士。可是您哪,奥克塔夫,您不爱德·欧马尔夫人吗?"

"我一辈子不要再见到她,也不再想她,"奥克塔夫说,"亲爱的阿尔芒丝,就请您开口说一句,同意我做您的丈夫吧。我要去打猎,却瞒着您,结果受到了老天的惩罚。我当时吹口哨,是叫猎场看守,他没有回答我。"

奥克塔夫的申辩,尽管非常热烈,却没有热恋那样的细腻情感。阿尔芒丝似乎觉察出来,他一面在尽职责,一面又在想别的事情。

"此刻您并不爱我。"阿尔芒丝对他说。

"我可是一心一意地爱您,不过,那个无耻的骑士,叫我气愤极了,要叫那个卑鄙的人保密根本靠不住。"

奥克塔夫又重申了他的请求。

"这准是爱情的声音吗?"阿尔芒丝对他说,"也许只是出于慷慨之心，您还爱德·欧马尔夫人吧？您憎恶结婚。这种改变来得太突然了，实在令我生疑。"

"看在上天的分儿上，亲爱的阿尔芒丝，不要再耽误时间了，我的后半生会向你保证我爱你。"

他说出来的话显然心口如一，终于说服了对方。他又急忙跑上楼去，看见骑士正在他母亲的身边。由于奥克塔夫即将结婚，他母亲心中欢喜，也就有了勇气，把这出戏演得有声有色。不过，骑士似乎还不大相信他妹妹会突然病倒，他针对阿尔芒丝夜里乱跑，开了一句玩笑。

"先生，我还有一只好胳膊，"奥克塔夫霍地站起身，扑向骑士，高声喝道，"您要是再讲一句，我就把您从那扇窗户扔出去。"

奥克塔夫尽管按捺住自己的怒火，还是把骑士吓得面无人色，骑士猛地想起来，外甥从前犯过疯病，看他这次怒不可遏的样子，恐怕又要闯祸了。

这时，阿尔芒丝进来了，但是，奥克塔夫并没有想到要同她说些什么，甚至没有拿情人的目光看她，因为他情绪平静下来，进入了心醉神迷的状态。骑士竭力装出泰然自若的神态，开了几句玩笑，而奥克塔夫却怕他伤害了德·佐伊洛夫小姐。

"先生，"奥克塔夫紧紧抓住他的胳膊，对他说，"我要求您立刻回到你的房间去。"

奥克塔夫见骑士还迟疑不定，就抓起他的胳膊，把他拖回房间，扔进去，锁上房门，把钥匙装进了自己的口袋。

奥克塔夫回到两位妇人身边，仍然怒气冲冲。

"这个贪婪下贱的家伙，我要是不杀了他，"奥克塔夫仿佛自言自语地高声说，"他就敢说我妻子的坏话。他绝不会有好下场！"

"可我呢，我却喜欢德·苏比拉纳先生，"阿尔芒丝说，她怕奥克塔夫胡来，使他母亲难堪，"我喜欢德·苏比拉纳先生。如果您还继续发火，我就会想，您这么大脾气，恐怕是为了某个婚约，我们刚才宣布得可能有点过于仓促了。"

"我肯定您不是这样想的，"奥克塔夫打断她的话，说道，"不过，您总是有道理的。看来我最好是饶恕这个卑鄙的小人。"他这样说着，气渐渐消了。德·马利维尔夫人的中风这出戏演得很精彩，她让人把自己抬回房间，还派人去巴黎请她的医生。

下半夜过得很美。这位幸福的母亲的快乐的情绪，也感染了奥克塔夫和他的女友。阿尔芒丝的心绪依然很乱，完全失去了对自己的控制，她在德·马利维尔夫人欢言笑语的鼓励下，也敢于向奥克塔夫表明，他对于她有多么宝贵。看到他妒忌德·博尼维骑士，阿尔芒丝快活极了。奥克塔夫前几天表面上的冷淡态度，原来是由于这种吉祥的情感，这种解释真叫阿尔芒丝幸福；德·欧马尔夫人与德·博尼维夫人很晚才来，人家不顾德·马利维尔夫人的吩咐，还是把她们唤醒了。大家在拂晓时才去睡觉。

# 二十八

> 人间的事情就是这样,一个人
> 今天萌发希望的幼芽,明天开花,
> 红艳艳的荣誉的花朵满身披挂,
> 第三天却来了严霜,致命的严霜,
> 于是他倒下了,那情景同我一样。
>
> 《亨利八世》[①]

次日,德·马利维尔夫人一早就去巴黎,向丈夫提议让奥克塔夫结婚。侯爵争辩了足足有一天。

"其实,"侯爵说,"这个令人恼火的建议,我早就料到了。我若是表示诧异,就不够诚实了。我也承认,德·佐伊洛夫小姐的财产不算少,她的俄国叔父们全部丧生,这对她来讲

---

[①]原文为英文,引自莎士比亚戏剧《亨利八世》的第三幕。

正是时候。不过,她的财产,并不超过我们可能从别处得到的。而且,对我儿子影响最大的是,在这桩婚姻中,女方没有家庭;我看他俩只不过是性格相投,这可不好。在上流社会里,奥克塔夫的亲戚不多,他又城府很深,交不上朋友。在他表姨夫和我之后,他要当上贵族院议员,事情就是这样。我的好朋友,您是了解的,在法国,人有多大势力,职位就有多高。正如那些放肆无礼的家伙所说的,我是老一辈的人了;我已经时日无多,我儿子在上流社会可能有的关系,会因为我离世而全部断绝,因为,在我们亲爱的德·博尼维侯爵夫人的掌中,他是一个被利用的工具,而不是受宠的对象。在奥克塔夫婚姻的问题上,主要追求的是在上流社会的扶掖,而不是财产。我看他是块材料,有杰出的才具;他一个人闯也能成功,您要这么说也可以。不过,我看到那些极其出色的人物,也总是需要人捧;然而我的儿子非但不笼络那些惯于为人制造声望的人,反而处处同他们作对,公然攻击他们,好像能从中得到什么乐趣似的。这不是成功之道。女方的家庭要是人丁兴旺,根基牢固,奥克塔夫在上流社会就会被认为有资格当个大臣;可是,没有一个人吹捧他,到什么时候他也只是个怪人罢了。"

听到"怪人"这个词,德·马利维尔夫人叫起来,她看出来,有人向她丈夫"灌输"了东西。

侯爵越讲越起劲儿。

"是的,我善良的朋友,奥克塔夫动不动就发火,自从雅各宾党把我们的一切,甚至我们的语言都改变以来,他对所谓的'原则'就着了迷。我并不想断言,他的这些表现有朝一日必然会把他抛进最愚蠢的行为中,即抛到所谓的'反对派'的营垒里。在反对派里,只有一个出色的人物,那就是德·米拉博伯爵①,最后他也卖身求荣了;这种结局实在不光彩,我也不愿意让我儿子这样。"

"就是这方面,也用不着您担忧。"德·马利维尔夫人激烈地反驳说。

"是用不着我担忧,其实,我儿子要走相反的道路,正处在会把前程断送掉的危险境地之中。这桩婚事,只会使他成为一个小市民,蛰居在外省的古堡里度日。他的性格沉郁,非常适合过这种生活。我们亲爱的阿尔芒丝,看问题的方法很古怪,不但不能促使他改掉我责备他的这些毛病,反而会加强他的市民习气。您极力主张的这桩婚姻,非把我们的家族毁掉不可。"

"奥克塔夫注定要进入贵族院,他在那里将成为法国青年的杰出代表,并以他的口才博得人们的敬佩。"

"代表多着哪。贵族院所有那些年轻议员,都以辩才自诩。天哪!他们在贵族院里,就像在上流社会一样,彬彬有礼,消息灵通,仅此而已。所有那些代表法国青年的年轻议

---

①德·米拉博伯爵(1749—1791),法国大革命时最出色的演说家之一。他被排斥出贵族的行列,成为第三等级的议员,但是,他主张君主立宪制。一七九一年,他被控告串通朝廷,被革命政府处死。

员，会成为奥克塔夫的最大仇敌，因为他对事物的感受，至少与众不同。"

德·马利维尔夫人很晚才回到昂迪依，随身给阿尔芒丝带了一封热情洋溢的信，在信里德·马利维尔先生替奥克塔夫向她求婚。

德·马利维尔夫人奔波一天，虽然很累，却还是急急忙忙去见德·博尼维夫人；她必须亲口把这桩婚事告诉侯爵夫人。她给侯爵夫人看了德·马利维尔先生给阿尔芒丝的信。她采取了这一步骤，以便防范那些可能会改变她丈夫态度的人，心里非常高兴。再说，这一步棋还非走不可，在一定程度上，德·博尼维夫人是阿尔芒丝的教母，她有了这种名分，就不好开口反对这桩婚事。她对奥克塔夫表明的友谊，德·马利维尔夫人深表感激，可是听她那口气，她内心分明不赞同这桩婚姻，嘴上只是大大地夸了一通阿尔芒丝的性格。德·马利维尔夫人还特意提到，几个月前，她曾向阿尔芒丝提过婚，当时，这个孤女没有财产，因而很得体地回绝了。

"哦！我对奥克塔夫的友谊，并不需要根据阿尔芒丝的高贵品质才得到加强，它仅仅取决于我们之间的关系。亲上加亲的婚姻，只适合于极为富有的银行家的家庭，因为他们主要的目的是金钱，他们这样准能捞到金钱，而且名正言顺。"

"我们要进入的时代不同了，"德·马利维尔夫人反驳说，"到那时，对于一个世家子弟来说，朝廷的恩典只是次要的目标，除非他锲而不舍，兢兢业业地做事来换取恩典，那又当别论。就拿我们的朋友N爵士来说，他是法兰西贵族院议员，又是大富翁，他之所以在国内享有巨大威望，是因为他任命了十一名众议院议员，而且，他从不觐见国王。"

德·苏比拉纳骑士反对这门亲事，态度要激烈得多；对于她哥哥的责难，德·马利维尔夫人也是用这种话回答。昨天夜里的场面，叫骑士非常恼火；他打算抓住良机，装作盛怒的样子，那样一来，他如果听人劝解消了火，奥克塔夫就会一辈子对他感恩戴德。

本来，他应当主动地宽恕奥克塔夫，因为归根到底，他要么谅解，要么放弃发财的梦想；这一年来，他满脑子净想发财。至于昨天夜里的场面，他在亲友面前，还有借口可以安慰自己的虚荣心：奥克塔夫的疯病是大家熟知的，他曾经把母亲的仆人从窗户扔出去。

然而，一想到阿尔芒丝能左右丈夫的心，并使丈夫发狂似的爱她，骑士就吞不下这口气，他终于打定主意，声明他一辈子不再来昂迪依了。可是，在昂迪依，大家都喜气洋洋，并且多少抓住了骑士的话，极力向他道歉，又向他大献殷勤，随后便把他置于脑后了。

自从有了德·博尼维骑士这个支援，德·苏比拉纳先生便从疏远阿尔芒丝，进而仇视她了；德·博尼维骑士不但向他提供充分理由，必要时还向他提供现成的话。德·苏比拉纳不能原谅阿尔芒丝那段含沙射影的话，说什么在伊斯马伊洛夫城下，俄国官兵表现得如何勇猛，而土耳其人的"死敌"，马耳他骑士却安坐在岩石上歇息。这句挖苦话是他自己挑起来的，他本来可以不计较；他之所以对阿尔芒丝这么恼火，内中有个金钱的问题。德·苏比拉纳骑士的脑袋本来就愚鲁，又产生了到交易所大发横财的念头，就完全利令智昏，忘乎所以了。

他像所有庸庸碌碌的人一样，年近五旬，对世事的兴趣就已消失，厌倦的情绪便露了头；像通常的情况那样，他曾先后想当文人、权谋家、政客、歌剧院的票友，不知道怎么阴差阳错，他没有去当短袍耶稣教士。

德·苏比拉纳骑士终于想到交易所的投机，为他的百无聊赖找到了一剂良药。然而，要到交易所去搞投机，尚欠资金与信誉。赔偿法案恰好在此时通过，骑士肯定自己能轻而易举地指挥他外甥，因为他外甥不过是个哲人。他打好了如意算盘，单等奥克塔夫从母亲的赔偿中得到钱，他就要把大部分拿到交易所去。

骑士正热衷于几百万的当口，阿尔芒丝却成了他的不可逾越的障碍。现在，阿尔芒丝又成了家庭的一员，这就永远摧毁了他对外甥的影响，永远摧毁了他梦想的空中楼阁。骑士在巴黎没有耽误时间，他到处奔走，煽动人们反对他外甥的婚事，拜见了马利维尔府的庇护者C公爵夫人，还见了当克尔公爵夫人、德·拉龙兹夫人、德·克莱夫人；奥克塔夫就是在这些人身边长大的。

不出一个星期,年轻子爵的婚姻已经尽人皆知,受到普遍的责难。那些有女待嫁的贵妇人更是气急败坏。

"德·马利维尔夫人好狠的心哪,"德·克莱伯爵夫人说,"她竟逼着可怜的奥克塔夫娶她的伴娘,看来她是为了要省下那笔本该付给那个姑娘的工钱了,说起来真叫人怜悯。"

在这片喧闹声中,骑士觉得他被人遗忘在巴黎了,心里烦闷得要命。反对奥克塔夫婚姻的声势,不见得能比别的事情持续更长时间。他在巴黎逗留期间,一定要好好利用这次总攻势。他们险些破坏了已订的婚约。

所有这些理由,尤其是烦闷,终于使骑士下了决心;一天上午,人们见他回到昂迪依,又住进他原来的房间,恢复他平日的生活方式,好像什么事情也没有发生似的。

对这位新来者,大家都非常客气,他对未过门的外甥媳妇,也少不得尽其殷勤。"友谊产生的幻想,不见得比爱情产生的少,"他对阿尔芒丝说,"如果说我起初谴责了某件婚事,那是因为我也一样,特别喜爱奥克塔夫。"

## 二十九

最残忍的伤害,就是他自己给自己造成的伤害。

巴尔扎克[①]

德·苏比拉纳骑士这样主动献殷勤,阿尔芒丝很可能会给蒙蔽住,但是,她考虑的不仅仅是骑士,她还有别的担心的问题。

奥克塔夫在自己的婚事变得毫无阻碍之后,有时候心情非常忧郁,这连他自己都难以掩饰。他常常借口头疼得厉害,一个人跑到埃古安和桑利树林中去散步。还有几次,他骑上马,一口气跑上七八法里。阿尔芒丝觉得这些都是不祥之兆;她还注意到,有时候奥克塔夫盯着她看,眼神中怀疑的成分多于爱情。

---

[①] 指让·路易·盖兹·德·巴尔扎克(1595—1654),法国作家。司汤达创作《阿尔芒丝》的时候,创作《人间喜剧》的奥诺雷·德·巴尔扎克尚未出名。

当然，他忧郁烦恼过后，往往爆发出炽热的爱与狂放的激情，即使在"他们幸福的日子"阿尔芒丝也从未见过他这样。所谓"他们幸福的日子"，是阿尔芒丝给梅丽·德·泰尔桑的信上开始用的，指的是从奥克塔夫受伤，到她躲进骑士房间的过道，不幸干了一件冒失事的那段时间。

自从宣布订婚之后，阿尔芒丝可以把自己的心里话向她亲密的女友倾诉了，她感到很欣慰。梅丽生长在一个很不和睦的家庭里，那儿总是钩心斗角，没有安宁的时候，她非常有见识，能给阿尔芒丝出些好主意。

阿尔芒丝经常和奥克塔夫一起到古堡的花园里，在德·马利维尔夫人的窗前长时间地散步。有一天散步时，阿尔芒丝对他说："您是我在世上唯一爱的人，看您这样伤心，一定有非同寻常的情况，因此，我在大胆地和您这样谈话之前，需要向一个女朋友讨主意。我觉得在我干了冒失事的那个可怕夜晚之前，您显得更幸福，我用不着对您讲，我的整个幸福比您的消失得还要快。我只有一个建议，要向您提出，那就是回到那种完美幸福、亲密无间的关系中去吧。自从我知道了您爱我，直到不幸产生了结婚的念头的这段时间里，这种亲密的关系使我的生活充满了情趣。改变我们的关系，别人觉得奇怪，那全由我来承担。我对外人就说自己许了愿，一辈子也不结婚。这种想法会受到别人的谴责，还要损害几个朋友对我的看法，可这对我又有什么关系呢？说到底，对于一个富家姑娘来说，只有当她想结婚时，舆论才是重要的；

然而，毫无疑问，我永远不会结婚。"奥克塔夫的全部回答，就是拉住她的手，眼泪像泉水一样涌出来。

"啊，可爱的天使，"他对阿尔芒丝说，"您比我强多少啊！"看到一个不轻易流泪的男子汉，流下这么多眼泪，而回答的话又如此简单，阿尔芒丝的决心整个动摇了。

她终于狠了狠心，对奥克塔夫说："回答我吧，我的朋友。接受我的建议，使我重新得到幸福。我们以后还是照样在一起。"——她看见一个仆人走过来。——"午餐钟要响了，"她慌乱地又说道，"您父亲要从巴黎到这儿来，我就不能同您讲话了。我现在要是不对您讲清楚，这一整天就会痛苦烦恼，心神不宁，因为，我对您有些怀疑。"

"您！怀疑我！"奥克塔夫说，他那副眼神，登时消除了阿尔芒丝的全部担心。

两个人又默默地走了几分钟。

"不是的，奥克塔夫，"阿尔芒丝又说，"我没有怀疑您。我要是怀疑您的感情，就让天主赐我一死好啦。但是，不管怎么说，自从订婚之后，您反不如当初幸福了。"

"我对您讲话，就像我对自己讲话一样，"奥克塔夫急躁地说，"有时候我幸福极了，因为我终于确信，世上没有什么能把我同您拆开了，我每时每刻都可以看到您，同您说话，然而……"他刚要补充一句，却又陷入忧郁的沉默中，使阿尔芒丝十分痛苦。

午餐钟声一响，他俩一整天也许就得分开，阿尔芒丝由于这种担心,才再次鼓起勇气,打断了奥克塔夫的冥想。

"然而什么呀,亲爱的朋友?"她对奥克塔夫说,"全都告诉我吧,这个可怕的'然而'给我造成的痛苦,比您可能对我说的全部话所造成的痛苦,恐怕要超过一百倍。"

"那好,"奥克塔夫说,他停下脚步,转过身,目不转睛地看着她,那样子不像个情人,而像要审视她会有什么想法,"您会知道一切的,不过,要我原原本本告诉您,比要我的命还难,然而,我爱您胜过我的生命。我需要以诚实人的身份,而不是以情人的身份向您发誓吗(此刻,他的眼神确实不像一个情人的样子)?就如同我在向您的父亲发誓一样,假如苍天保佑,他还活在世上的话。我需要向您发誓说,我在世间唯独爱您一人,而且我过去没有,永远不会有这样的爱吗?同您分离,就等于叫我死,而且比死还要糟糕一百倍。可是,我有一个可怕的秘密,从未向任何人透露过。您听了这个秘密就会明白,我为什么注定这样古怪。"

这段话,奥克塔夫讲得结结巴巴,他脸上的肌肉挛缩起来,嘴唇不断地抽搐,眼睛也恍恍惚惚,仿佛看不见阿尔芒丝。阿尔芒丝比他还要痛苦,身子靠到一个橘树培植箱上。她认出了这棵橘树,浑身发抖,想起了那次昏倒的情景;当时,奥克塔夫在树林里过了一夜,回来对她讲的话非常无情,她就是昏倒在这棵橘树旁边的。现在,奥克塔夫笔直地站在她面前,好像惊呆了似的,不敢再讲下去。他惊恐的眼睛直视前方,仿佛看到了一个魔鬼。

"亲爱的朋友,"阿尔芒丝对他说,"几个月前,就在这棵橘树旁边,您恶狠狠地对我讲话,我那时觉得万分不幸,怀疑起您的爱情。我现在能说什么呢?"她激动地又说,"那是决定命运的一天,我确信了您不爱我。啊!我的朋友,我今天有多么幸福啊!"

最后这几句话,阿尔芒丝说得那么情真意切,似乎减轻了折磨着奥克塔夫的摧肝裂胆的痛苦。阿尔芒丝一时忘情,热烈地握住他的手,催促他快讲。这时候,阿尔芒丝的脸离奥克塔夫的脸非常近,奥克塔夫感到对面呼出的热气。这种感觉使他软下心来,觉得比较容易开口了。

"是的,亲爱的朋友,"他看着阿尔芒丝,终于说道,"我非常爱你,你现在也不怀疑我的爱情了。然而,如此爱你的是什么人呢?是个魔鬼。"

说完这句话,奥克塔夫怜悯的心情似乎消失了,突然,他像发狂似的,挣开阿尔芒丝的手臂,飞快地逃开了,阿尔芒丝怎么也拉不住。她站在原地,一动不动,正好这时候,午餐的钟声响了。她这种半死不活的样子,不便入席用餐,只好去见德·马利维尔夫人,请求准许。不大工夫,奥克塔夫的跟班也来说,有一件事刻不容缓,少爷骑马飞驰到巴黎去了。

午餐吃得冷冷清清,大家默默无语,只有一个人高兴,那就是德·苏比拉纳骑士。两个年轻人双双缺席,他很惊奇,无意中却发现他妹妹的眼中充满了泪水。看来婚事不大顺当,他心里感到一阵高兴。"就是快要结婚的人,还有废除婚约的。"他思忖道。席间,他把心思全用在这上面,就顾不上讨好德·欧马尔与德·博尼维两位夫人了。德·马利维尔侯爵不顾自己的风湿痛,从巴黎赶到这儿,事先是通知了奥克塔夫的。他看见儿子不在,就露出极为不快的神色,这使骑士更加欢欣鼓舞。"时机很有利,可以使他们听得进道理了。"他心中暗想。一吃完饭,德·欧马尔夫人和德·博尼维夫人就各自回房,德·马利维尔夫人去看阿尔芒丝,骑士则力图动摇他妹夫的决心,以便解除奥克塔夫的婚约,在一个小时零一刻钟的劝说中,他显得异常活跃,也就是说兴致勃勃。

老侯爵的回答,倒是句句诚恳实在。

"赔偿的财产,是属于令妹的,"侯爵说,"我呢,一无所有。有了这次赔偿,我们才能考虑让奥克塔夫成家立业。我认为,对他与阿尔芒丝的这门婚事,令妹比奥克塔夫还要急切。再说,阿尔芒丝也不缺少财产。在办这桩婚事的前前后后,我作为一个正直人,只能出些主意,绝不能发号施令,否则,我就好像有意同我的妻子过不去,剥夺她同知心朋友一起生活的乐趣。"

德·马利维尔夫人看见阿尔芒丝焦躁不安,又不愿意讲出是什么原因。只是因为友情难却,阿尔芒丝才含含糊糊地提到,他俩发生了一次小小的口角,这也是相亲相爱的人之间常有的事。

"肯定是奥克塔夫不对,"德·马利维尔夫人站起身来说,

"不然,你就会把事情原原本本地告诉我了。"说完她就把阿尔芒丝一个人丢下。德·马利维尔夫人的话,给了阿尔芒丝很大的安慰。她很快就猜测出,奥克塔夫显然犯过什么大罪,直到现在,他可能还把产生的那些可悲的后果看得很重,而且,他为人非常正派,在没有把全部真相告诉她之前,不愿意让她的命运同一个也许是杀人犯的人的命运连在一起。

我们可以直言不讳地讲吗?这种用以解释奥克塔夫的乖戾行为的方式,使阿尔芒丝的心情稍微平静了一些。她下楼到花园去,希望遇见奥克塔夫。从前,德·欧马尔夫人曾引起她深深的嫉妒,现在,她的妒意完全化解了。她处在激情与幸福的状态里,却不肯承认这种状态的根源,这也是实际情况。她觉得心里激荡着无比温柔、无比宽厚的怜悯之情。"假如必须离开法国,"她思忖道,"非得流亡到远方不可,即使到美洲去,那也好,我们走就是了。"她高兴地思忖道:"而且,越早动身越好。"于是,她浮想联翩,想象自己到最偏僻的地方、荒无人烟的岛上。她那些念头不着边际,全是小说里的老调子,不值得叙述。当天和第二天,奥克塔夫始终没有露面。直到第二天的傍晚,阿尔芒丝才收到一封从巴黎写来的信。看了信,她觉得从来没有过的快活。信中洋溢着最炽热最真挚的情感。"啊!他写这封信时,如果是在这里,"她思忖道,"就会全部向我承认了。"奥克塔夫在信中向她表明,自己之所以待在巴黎,是因为对她说出了自己的秘密,就没脸见她了。"即使对您,我也不是在任何时候都有勇气说出这句致命的话来的,"他在信中还写道,"因为您听了,您对我的感情就会淡薄了,而这种感情却是我的一切。亲爱的朋友,在这个问题上不要再催逼我了。"送信的仆人还在等候回音,阿尔芒丝匆匆忙忙给奥克塔夫写了一封回信。"您的最大的罪恶,"她写道,"就是远远地离开我们。"她写了信后半小时,看见奥克塔夫居然回来了,她真是又惊又喜。原来,奥克塔夫是在昂迪依附近的拉巴尔村等候回音。

接下来几天,他们过得十分美满。激荡阿尔芒丝胸怀的那种炽热的情感,具有特别奇异的幻想性,使她很快习惯于爱一个杀人凶手。她认为奥克塔夫迟迟不敢吐露的罪行,至少应当是杀了人。她表兄讲话很有分寸,绝不会夸大他的想法,而且他亲口讲过:"我是个魔鬼。"

阿尔芒丝平生给奥克塔夫写的第一封情书,就是向他保证不提这方面的问题,这个誓言对她是神圣的。奥克塔夫给她的回信,她视为至宝,看了二十来遍。就这样,她养成了每天晚上给即将做她丈夫的男子写信的习惯。在贴身使女面前,阿尔芒丝不好意思说出他的名字,便把她的第一封信藏在那个橘树培植箱里,相信奥克塔夫准能找到。

一天上午,大家正要入座用午餐,她向奥克塔夫暗示了一句。奥克塔夫借口要吩咐一件事,立刻跑开了。一刻钟后,他回来了,阿尔芒丝看见他眼里闪着极为幸福、深切感激的光芒,心里快乐得难以言传。

几天之后,阿尔芒丝敢于向他写道:

我认为无论您犯下什么大罪，我们一生的责任，就是弥补过来，如果能够弥补的话。可是，说来也怪，我现在对您忠诚的情意，也许比您向我吐露这个秘密之前还要深切。

我体会到，您向我承认这件事，付出了很大的代价，这是您向我做出的头一个巨大的牺牲。我也要告诉您，从那一刻起，我才消除了一种庸俗的想法：我也一样，几乎不敢向您承认这种想法。我把事情想得更糟，因此我认为，在某种仪式举行之前，您不必对我谈得更详细了。我明确向您表示，您绝不会欺骗我。天主宽恕痛悔之人。我肯定您夸大了自己的过错，不管您的过错有多大，我看到您痛心疾首，当然原谅您。从现在起，一年之内，您会把事情原原本本告诉我，到那时，我使您产生的顾虑也许会少些……然而，我不能向您保证我会更深地爱您。

她以这种天使般的仁爱的口吻，写了好几封信，几乎打动了奥克塔夫，使他想以笔代口，向女友说出这个不该瞒着她的秘密。但是，要写这样一封信，他感到羞愧，困窘，迟迟下不了笔。

于是，他到巴黎去向多利埃先生求教，多利埃就是在他决斗时，给他当证人的那位亲戚。他了解多利埃先生为人非常正派，性格特别爽直，不工心计，从不逃避责任或者沉湎于幻想。奥克塔夫问多利埃先生，这个他结婚前可以毫不犹豫地告诉阿尔芒丝的父亲，或者她的教父的致命的秘密，是否绝对有必要告诉她本人呢？我们在上面引用的阿尔芒丝信上的那段话，他甚至也给多利埃先生看了。

"要告诉她，这事您免不掉，"诚实的军官回答说，"这是责无旁贷的。德·佐伊洛夫小姐非常宽厚，但是，您不能滥用她的宽厚。像您这样的人，欺骗谁都有失身份；高尚的奥克塔夫，更不会欺骗一个可怜的孤女；在您这一家的所有男子中，她也许只有您这一个朋友。"

这些话，在奥克塔夫的心中翻腾了总有上千遍，但是，从一个正直刚毅的男子汉口中讲出来，就具有一种新的力量。

奥克塔夫认为这是命运的声音。

他起身告辞，心中暗暗发誓，从亲戚家一出来，就立刻到右边最近一家咖啡馆去，写出那封决定命运的信。他想到做到，写了一封十行字的信，添上收信人的地址姓名：昂迪依，×××古堡，德·佐伊洛夫小姐收。

从咖啡馆出来，他东张西望，想找一个邮筒投信，偏偏不巧，附近一个没有。他还有一点儿难堪的感觉，总是能拖就拖，不想说出那件事，心里反倒认为，一封如此重要的信，不应该通过邮局寄，最好亲手放在昂迪依古堡花园的那个橘树培植箱里。奥克塔夫自然没有意识到这种拖延，正表明他勉强克制，还残存着最后一点幻想。

多利埃先生义正词严，帮助他克服了难言之隐。他此刻的处境，主要的是不能退缩一步。他跨上坐骑，要把信件送到昂迪依。

那天中午，德·苏比拉纳骑士就觉察出这对情人的关系有些抵牾。骑士禀性轻狂，心里总想暗算别人。

他把德·博尼维骑士引为知己。前一阶段，他把全部时间都用来幻想到交易所去搞投机，并在笔记本上罗列许多数字。现在，他则千方百计，硬要解除他外甥的婚约。

开头，他的计谋并不怎么高明，德·博尼维骑士校正了他的攻击手法，并出主意让他派人跟踪阿尔芒丝。德·苏比拉纳先生用了几个金路易，便把府内所有的仆人收买过来，充当暗探。不久，有人向他报告说，奥克塔夫与阿尔芒丝互相写信，写好就藏在 × 号橘树培植箱内。

这对情人如此疏忽大意，连德·博尼维骑士都难以相信，他让德·苏比拉纳先生自己去想法。琢磨了一个星期，德·苏比拉纳先生还是没想出什么主意，仅仅想到偷看两个人的情书，这是谁都能想得到的。德·博尼维骑士见此情景，便婉转地提醒他，他有许多不同的爱好，在半年的时间里，他曾经热衷于书信真迹，当时还使用了一名模仿手迹的高手。这件事想是想起来了，可是，在德·苏比拉纳先生的头脑中，还是没有下文。不过，这件事和他强烈的仇恨已经沾上边了。

同这样一个人合伙干冒险的勾当，德·博尼维骑士还很犹豫。他同伙的头脑如此贫乏，实在令他失望。况且，只要一受挫折，德·苏比拉纳先生就会全部讲出来。德·博尼维骑士幸好想起一本通俗小说，书中有一个非常恶毒的人物，专门模仿情人的手迹，制造假信。德·苏比拉纳先生难得看书，不过，他喜欢书的古老的装帧。骑士决定最后试一次，如果再不成功，他便听凭他的同伙的贫乏的头脑去想法子。他用高价雇了图夫南印书馆的一名工人，叫那人夜以继日地赶着给他那本有制造假信内容的小说装上精美的封皮。然后，骑士把那本精装书带到昂迪依，故意在解释如何伪造假信的那页上洒了咖啡。

"可把我急死了，"一天上午，他走进德·苏比拉纳的房间，对他说道，"您知道，×××夫人爱书如命，就是这本毫无价值的小说，她还让人装订得这样漂亮。我一时糊涂，从她那儿把书借来，弄脏了一页。您这个人神通广大，不管什么惊人的秘方，您收集不到，也能发明出来，您能不能指点我一下，用什么方法再制造一页新的呢？"

德·博尼维骑士还说了许多话，使用了和他企图煽动起来的念头的最接近的字眼。临走，他把书留在德·苏比拉纳先生的房间里。

此后，这件事他又提过不下十次，德·苏比拉纳先生才想到利用假信来挑拨两个情人反目。

德·苏比拉纳先生十分得意，认为这个计策高明得不得了，不免向德·博尼维骑士炫耀一番。骑士故意表示非常憎恶这种不道德的手段,当天晚上便回巴黎去了。两天以后,德·苏比拉纳先生和他谈话时又提到这个主意。

"伪造书信实在残忍,"德·博尼维骑士高声说,"您喜爱您外甥的感情强烈得为了达到目的而不择手段吗?"

读者大概同我们一样,对这些可悲的详情细节已经厌腻了。从这些详情细节中可以看到,新一代的堕落思想,正同老一代的轻浮行为搏斗。

德·苏比拉纳先生却总觉得,德·博尼维骑士天真得令人可怜,于是,他向骑士表明,这好比打一场几乎毫无希望胜诉的官司,最保险的使自己败诉的办法,那就是什么也别尝试。

德·苏比拉纳到他妹妹的房间,若无其事地从壁炉上拿了不少阿尔芒丝写的字样,交给他雇的模仿真迹的人,很容易得到了复制品;复制品同原件的确很难辨别出来。为了拆散奥克塔夫的婚姻,德·苏比拉纳先生已经把最有决定意义的设想,建筑在冬季沙龙的阴谋上,舞场的行乐上,以及他可能提出的条件很有利的亲事上。德·博尼维骑士非常赞赏他这种性格。"这个人要是当上大臣,"骑士心中暗想,"我也就能平步青云。可是,有那部可恶的宪章,还有公开辩论、新闻自由,他这样一个人,不管他炫耀自己的出身有多高贵,也永远当不上大臣。"经过半个月的耐心琢磨,德·苏比拉纳先生终于有了一个主意,决定编造一封信,假托是阿尔芒丝写给她的知心朋友梅丽·德·泰尔桑的。当时,德·博尼维骑士正第二次想要全部放弃了。德·苏比拉纳用了两天时间，杜撰出一封信稿，通篇充满风趣，妙语连珠，从中可以隐约看出他在一七八九年写的信的影子。

"本世纪要比从前严肃，"德·博尼维骑士对他说，"写法应当更做作，更古板，更乏味一些……您这封信太花哨，即使说是德·拉克罗骑士[①]写的，他也不会反对。然而，它今天骗不了任何人。"

"嘴上总离不开今天，今天！"德·苏比拉纳先生说，"您的拉克罗，不过是个自命不凡的家伙。我真不明白，你们这帮年轻人为什么把他当成楷模。他那些人物写的信，跟假发师的一样，问题多着呢。"

看见德·苏比拉纳先生这样痛恨德·拉克罗，德·博尼维骑士十分高兴，他极力维护《危险的关系》的作者，故意让同伴把自己驳得体无完肤，最后总算得到一份基本合乎常情的信稿，日耳曼风格既不十分明显，口气也不过分夸张。经过一场如此激烈的争论，信的底稿才算定下来，由德·苏比拉纳先生交给手迹复制人。那人以为不过是情书之类的东西，少不了推托一番，以便得到较高的报酬。他模仿阿尔芒丝的手迹，足以乱真。那封信很长，是假托阿尔芒丝的口气写给她的女友梅丽·德·泰尔桑的，谈她与奥克塔夫的婚姻。

再说奥克塔夫听从了多利埃先生的劝告，带着写好的

---

[①]德·拉克罗骑士(1741—1803)，法国作家，著有书信体小说《危险的关系》。

书信回到昂迪依,他一路上总盘算着如何让阿尔芒丝答应,等他俩晚上分手之后,她再看这封信。他打算次日一早动身,相信阿尔芒丝一定会写信答复他。他希望这样可以减少一点他吐露了秘密之后他俩首次见面时的尴尬。他之所以下此决心,仅仅是因为他在阿尔芒丝的思想方法中,发现有英雄主义的成分。很久以来,他发现阿尔芒丝的生活不论是幸福,还是悲伤,无时无刻不受联结他二人的感情的制约。奥克塔夫毫不怀疑,阿尔芒丝对他有炽热的爱情。他一到昂迪依,就跳下坐骑,跑到花园,把信藏在橘树培植箱的一角,上面盖了一些树叶,他还发现一封阿尔芒丝写的信。

# 三十

奥克塔夫怕有人打断他看信,便飞快地钻进一条椴树林荫小径。看了头几行他就明白了,信是写给梅丽·德·泰尔桑小姐的(这就是德·苏比拉纳编造的那封信)。可是,头几行就令他极为不安,他不由得接着看下去:

我不知道如何回答你的责备。我的好心的朋友,你说得对,我再有怨言,实在是发疯了。我是一个昨天才有了财产的可怜姑娘,没有家庭保护我,给我订终身大事。无论从哪方面看,这桩婚姻都远远超出我的期望。他是个有才智的人,品格极其高尚;对我来说也许过分高尚了。我要向你坦率地承认吗?时过境迁,几个月前,能使我非常幸福的结合,现在仅仅成了一项义务。天主难道不肯使我怀有始终不渝的爱情吗?我为自己所做的安排,既合理又有利,我也常常这样想;然而,我的心再也感受不到从前那种温柔的激情了。在我的眼里，他曾经是世上最完美的人，是唯一值得爱的人，见到他我就激情满怀。可是现在呢，我觉得他的性情变化无常，真的，我何必要指责他呢？其实他没有变。我的整个不幸，就在于我的心变化无常。我即将结婚，这桩婚姻条件优越，不管怎样看都很体面。不过，亲爱的梅丽，我向你吐露这件心事，不由得脸红耳热：我嫁的不再是我爱他胜过一切的人了。我觉得他太严肃，有时毫无风趣，我就要同这样一个人过上一辈子啊！我们很可能到外省偏僻的地方，住在孤零零的古堡里，一起宣传互教互学和种牛痘。亲爱的朋友，离开德·博尼维夫人的沙龙，我大概要非常惋惜。半年前，谁能料到我们会这样呢？我的性格轻浮得令人费解，这是我最苦恼的事。其实，奥克塔夫不是我们今年冬天见到的最出色的年轻人吗？但是，我的青年时代太悲伤啦！我希望找一个有风趣的丈夫。再见。后天，人家准许我去巴黎，十一点我去登你家的门。

奥克塔夫惊呆了。猛然，他好像从梦境中醒来似的，飞跑到橘树培植箱那儿，将他放在那里的信取出来，怒不可遏地撕得粉碎，把碎纸片塞进口袋。

"她必须具有我需要的最狂热、最深沉的爱情，才能宽恕我这致命的秘密，"他冷静地自言自语道："我不顾整个理智,不顾我一生中设下的誓言,满心以为遇见了一个超凡绝俗的人。然而,要想有资格拥有这样例外的爱情,就必须有可爱快乐的性情,这正是我身上缺乏的。我错打了算盘,现在唯有一死了。

"我若是永远拖累着阿尔芒丝的命运,又不把我的秘密告诉她,那无疑是损害我的人格。不过,一个月之后,我就可以使她自由了。她将成为一位年轻的寡妇,既富有,又非常漂亮,肯定会受到许多人追求。佐伊洛夫这个姓氏还不大出名,要想找一个有风趣的丈夫,马利维尔这个姓氏对她更有利。"

奥克塔夫带着这种情绪,走进他母亲的房间,正撞见阿尔芒丝在那里谈论他,盼望他回来。阿尔芒丝的脸色很快变得惨白,几乎同奥克塔夫一样痛苦。然而,奥克塔夫却对母亲说,他不能同意再推迟他的婚期了。"很多人都企图扰乱我的幸福,"他补充说,"我是有真凭实据的。何必进行那么多准备工作呢?阿尔芒丝比我有钱,衣裙或者首饰,她将来恐怕是不会缺少的。我大胆地希望,我们结婚不出两年,她就会变得快乐、幸福,能享受到巴黎的所有欢乐,而且,她永远也不会后悔今天做出的抉择。我想她永远用不着到乡间,幽居在一座古堡里。"

奥克塔夫讲这番话的口气,听起来非常古怪,同他表达的愿望极不协调。这边,阿尔芒丝和德·马利维尔夫人的眼里,几乎同时充满了泪水。阿尔芒丝很勉强地回答说:"噢!

亲爱的朋友,您太残酷无情啦!"

奥克塔夫不会装出幸福的样子,心里很恼火,马上走出房去。他决心一死,以了却这场姻缘,因此,他的言谈举止显得冷漠无情。

德·马利维尔夫人说这是她儿子犯了疯病,同阿尔芒丝痛哭了一场,最后得出结论,认为奥克塔夫生来性格忧郁,独身生活对他没有任何益处。

"他有这种缺点,头一个感到痛苦的就是他自己,你能不管这一点,始终爱他吗?"德·马利维尔夫人说,"我的孩子,你再问一问自己的心,我不愿意造成你的不幸,整个婚约还可以废除。"

"哎!妈妈,自从了解到他不那么完美以来,我觉得更爱他了。"

"那好,我的宝贝,"德·马利维尔夫人又说,"再过一周,我就给你办喜事。结婚前这段时间,你对他要宽容一些;他是爱你的,这一点你不可能怀疑。你知道他在尊敬长辈的问题上有什么看法,然而,你也看到了,当他认为我哥哥对你出言不逊时,他就暴跳如雷。他对结婚怀有古怪的成见,这使他痛苦不堪。我亲爱的孩子,对待这样一个人,要温柔和气。"

这些话尽管是随口说出来的,阿尔芒丝却感到情意真挚,因此,她对奥克塔夫倍加关心、倍加钟情了。

次日一早,奥克塔夫来到巴黎,花了一大笔钱,几乎是他掌握的全部钱财的三分之二,买了一些名贵的首饰,作为结婚礼物送给新娘。

接着,他又去见他父亲的公证人,在婚约上添加了对未婚妻十分有利的条款,保证她一旦失偶孀居,就能有最令人艳羡的独立生活。

从发现阿尔芒丝的所谓信件,到结婚的那十天中间,奥克塔夫把心思全用在这类事情上。对他来说,这些日子过得倒相当平静,这是他原先不敢期望的。然而,对于那些多情的心灵来说,一线残存的希望,往往使不幸变得更加不堪忍受。

奥克塔夫没有抱丝毫希望,他主意已定。性格坚毅的人,不管做出的决定多么严酷,总是不再考虑自己的命运,只求有勇气一丝不苟地按照决定去做;这对他们来说,就不算难事了。

奥克塔夫进行必要的准备和料理各种事情,但是,他一空闲下来,就感到特别诧异:怎么!在他眼里,德·佐伊洛夫小姐已经变得无足轻重啦!他原先多么坚信他的爱情和他们的亲密结合会天长地久。他常常忘记发生了根本变化。他要设想自己的生活就不能不想到阿尔芒丝。每天早晨醒来,他都需要重温他的不幸,接着便有一阵揪心的痛苦时刻,但是,他决心一死的念头很快使他得到安慰,使他的心情平静下来。

不过,这十天临近结束时,阿尔芒丝表现出的无限深情,有时不禁使他的心软下来。由于婚礼在即,阿尔芒丝同他单独散步时,认为可以亲近一些,她有一两次就拉起他的非常好看的手,贴在自己的嘴唇上。阿尔芒丝这种加倍的温存体贴,奥克塔夫全看在眼里,不由自主地感动万分,使他自认为已经克服了的痛苦,往往变得更加剧烈,更令他肝肠寸断。

他想象到这些亲热的表示,如果来自真正爱他的人,来自没有变心的阿尔芒丝,那又该是什么样子。在写给梅丽·德·泰尔桑的那封性命攸关的信中,阿尔芒丝就明确承认,两个月前她还爱着奥克塔夫。"而我缺乏可爱快乐的性情,可能已经使她的爱情中断了,"奥克塔夫凄楚地思忖道,"唉!我本来应该学习立身处世的本领,何必钻研那么多无用的学问!那些学问对我有过什么用处吗?我在德·欧马尔夫人身边取得的成功,对我有过什么用处吗?假使我愿意,那位夫人会爱我的。我生来不善于取悦我所尊敬的人。看来,我纵然强烈地渴望讨人喜欢,却因为有一种可悲的胆怯心理,总是愁眉苦脸,显得很不可爱。

"阿尔芒丝始终令我畏惧。我每次走近她,总感到是去见我的命运的主宰。应当向经验求教,向我看到的上流社会的做法求教,才能更加正确地认识,一个可爱的男子要想引起一个二十岁的姑娘的兴趣应当怎样做……

"可是,这一切今后都毫无意义了,"奥克塔夫停了片刻,苦笑着说,"我这一生已经结束。命运给我划定的人生道路,我已经走完了。"①

奥克塔夫有时心情恶劣起来,甚至认为,阿尔芒丝现在如此温柔的态度,同她平时极其自然的老成持重的态度,显得很不合拍,她无疑把这当成一项讨厌的义务,强加给自己来完成。于是他的举止变得无比粗暴,看上去跟真疯了差不多。

他在痛苦的心情稍微减轻的时候,面对即将做他妻子的年轻姑娘的迷人情态,情不自禁地动了心。这位年轻姑娘平素多么持重,可是,为了使她所爱的人平静一点,她一反生来的习惯,拿出妩媚的态度来,有什么比她的这种态度更令人感动、更高尚的呢?确实难以想象。她认为奥克塔夫是在受良心的责备,然而,她对表兄却有极强烈的爱情。从前,她生活中的最大问题,就是隐瞒自己的爱情并责备自己;自从这个问题解决之后,奥克塔夫对她更加宝贵了。

有一天,他俩朝埃库安树林去散步,阿尔芒丝讲了一些充满深情的话,说的时候连她自己都受了感动,她那个时候非常真诚,甚至对奥克塔夫说:"我有时也想犯一桩罪,同你犯的罪一样大,好使你不再怕我。"奥克塔夫被这种真诚

---

① 原文为拉丁文。"狄多被伊尼德抛弃,临死高喊:我这一生已经结束,命运给我划定的人生道路,我已经走完了。"

按:这句话引自罗马诗人维吉尔的史诗《伊尼德》。诗中叙述特洛伊战争中的英雄、特洛伊王子伊尼德,在城池陷落后逃走、流浪到迦太基国,得到女王狄多的宠爱。但由于神的指令,他必须离弃狄多,到意大利去重建邦国。狄多绝望之下,爬上一座柴堆自刎。上面引语就是她临死时高喊的一句话。

激动的声调所打动,理解她的整个思想,马上停住脚步,定睛看着她,差一点把他那封诉说隐情的信拿出来,信的碎片他一直装在兜里。然而,他把手插进兜里的时候,却摸到那张更薄的纸,即所谓写给梅丽·德·泰尔桑的那封信,于是他的诚意又逐渐消失了。

## 三十一

如果他要入土埋葬,那就让我热烈地吻他一吻,您再把我们俩装进同一个棺木。

韦伯斯特①

奥克塔夫知道他的外祖父母极力反对这门婚事,因此,他坚持做了许多必要的说服工作。平时,这类拜访最令他难受,告辞出来情绪一定会非常沮丧,对他那些显赫的亲戚府中的安乐景象很厌恶。这次令他大为惊奇的是,他发现在尽这些礼节时,丝毫没有难受的感觉,这是因为再没有任何事物能够引起他的兴趣了。他的心已经死了。

自从他发现阿尔芒丝的爱情不专一,世人在他的眼里,就变成一种陌生的生物。不管是贤德所受的苦难,还是罪孽

---

①约翰·韦伯斯特(1580—1624),英国戏剧家。引文为英文,引自他的悲剧《德·阿马尔菲公爵夫人》(1614)。

所逞的凶顽，什么也不能使他动心了。一个隐秘的声音对他讲："那些不幸的人，还比不上你痛苦。"

奥克塔夫以令人赞叹的冷漠态度，完成这些拜访；这种现代文明的积习，不过是让人干些无聊的应酬，糟蹋一天的大好时光。婚礼举行了。

旅行结婚的风气当时刚刚开始形成。奥克塔夫立刻就同阿尔芒丝动身，说是到多菲内省的马利维尔庄园去，其实，他带着阿尔芒丝直奔马赛。到了那儿他告诉阿尔芒丝，他曾经立下誓言去希腊，表明他有勇气挥剑上战场，尽管他讨厌军人作风。阿尔芒丝结婚之后非常幸福，同意了这种暂时的分离，一点也没有感到难过。对阿尔芒丝的幸福神情，奥克塔夫不可能视若无睹，因此他推迟了一周动身；不过在他看来，这是非常软弱的表现。在这最后一周里，他同阿尔芒丝参观了圣博姆山脉①、博雷利古堡，以及马赛郊区的风光。他看到年轻的妻子十分幸福，很是感动，然而他心想："她是在演戏，写给梅丽的信就是明证，不过，她演得实在高明！"他好几次产生幻想，觉得阿尔芒丝的美满幸福，也许最终能使他幸福。他心想："世上还有哪个女人，向我表示更真挚的感情时，能给我同样多的幸福呢？"

最后，无论如何该分手了。奥克塔夫一上船，便对他产生幻想的那些时刻付出高昂的代价。有几天，他再也没有

---

①位于马赛东部，石灰岩山，最高峰海拔一千一百四十七米。

勇气寻死了。"按照明智的多利埃对我的批评,"他思忖道,"我要是不很快把自由还给阿尔芒丝,就成了最卑劣的小人,在我自己的眼里也是个懦夫。我结束生命,损失是微不足道的。"他边叹息边说:"如果阿尔芒丝在爱情上表演得深切动人,那也不过是因为一种模糊的回忆,她回想起昔日对我的感情。我不久就会令她感到厌烦。她可能还会敬重我,但对我再也不会有炽热的感情了。听到我的死讯,她不会痛不欲生,只会感到悲哀而已。"有了这种残酷的信念,奥克塔夫终于又产生了勇气,他把阿尔芒丝天仙般的美貌,她沉醉在幸福里的样子,以及离别前夜昏厥在他怀中的情景,都置之脑后。他又恢复了勇气,到了航行的第三天,随着勇气的恢复,他的心情也平静下来。船正靠近科西嘉岛行驶。奥克塔夫的脑海里浮现出一个不幸逝去的伟人①,这种回忆使他坚定起来。由于他不停地考虑自己,他几乎成为自己行为的见证人。他假装得了不治之症。幸而船上唯一的一个医生从前是个木匠,自称懂得伤寒,奥克塔夫装作进入谵妄状态,病势危险,首先就骗过了医生。有几次他装得极像,到了第八天,他看出来大家对他的康复都不抱希望了。他又在所谓头脑清醒的时刻,让人请来船长,口述遗嘱;船上的九名船员全作为证人在遗嘱上签了字。

奥克塔夫还有一份类似的遗嘱,上船之前特意交给了马

①指拿破仑一世(1769—1821),他生在法国的最大岛屿科西嘉。

赛的一位公证人。他在遗嘱中把凡是属于他的一切财产，全部留给他的妻子奥克塔夫·德·马利维尔夫人，但附有一个奇怪的条件：他妻子要在他死后一年半方可再次结婚。如果他妻子不愿意履行这个条件，他请求他母亲接受这份遗产。

奥克塔夫在全体船员面前签署了遗嘱，接着便进入极度虚弱的状态，请人为他做临终祈祷，于是，几名意大利海员在他身边祈祷起来。后来，奥克塔夫又给阿尔芒丝写了一封信，并附上他以前鼓起勇气在巴黎一家咖啡馆里给她写的信，以及他在橘树培植箱里发现的她给她朋友梅丽·德·泰尔桑的信。在这临终的时刻，奥克塔夫从来没有这样感受到最诚挚的爱情的魅力。除了他死的方式之外，他把一切都告诉了他的阿尔芒丝，这是他给予自己的幸福的享受。奥克塔夫的病又拖了一个多星期，他每天给阿尔芒丝写信，而且每天都从中得到新的乐趣。他把信托给好几个水手，他们答应亲手交给马赛的那位公证人。

站在瞭望台上的一个小水手喊道："陆地！"那是希腊的国土，人们在水天之间，望见了莫雷山脉。凉爽的风使船行驶得分外迅疾。希腊的名字唤起了奥克塔夫的勇气，他自言自语地说："英雄的土地啊，我向你致敬！"三月三日午夜，月亮从卡劳斯山后徐徐升起，奥克塔夫把准备好的一剂鸦片与洋地黄服了下去，悄悄地结束了忧烦的一生。拂晓，有人发现他躺在甲板的缆绳上，一动不动，嘴角挂着笑容，他那世间少见的美貌甚至打动了给他进行海葬的水手。在法国，只有阿尔芒丝揣测出他是怎样结束生命的。不久，德·马利维尔侯爵去世，阿尔芒丝与德·马利维尔夫人进了同一个修道院。